「克洛，事到如今還有什麼好聊的？」
the War ends the world /
raises the world
這是妳與我的最後戰場，或是開創世界的聖戰
12
艾芙・蘇菲・涅比利斯
Eve Sophi Nebulis
克洛斯威爾的乾姊姊，同時也是寄宿了最強星靈的星靈使始祖。為了實現百年前許下的心願而前往帝國。

「——真正只屬於星靈使的溫柔樂園，
就由我親手創立吧。」
伊莉蒂雅・露・
涅比利斯九世
Elletear Lou Nebulis IX
涅比利斯皇廳女王米拉蓓爾的長女，
也是愛麗絲莉潔和希絲蓓爾的姊姊。
她以創造弱小的星靈使也能一視同仁
獲得認可的「星靈使樂園」為目標，
打算將帝國和皇廳一同摧毀殆盡。

「她是我的主子，希望你不要出手。」
約海姆・雷歐・阿瑪戴爾
Johaim Leo Armadel
使徒聖第一席「瞬」之騎士約海姆。雖然在帝國軍的中樞從軍，卻向伊莉蒂雅效忠，是一名背叛的使徒聖。他以守護魔女（伊莉蒂雅）的騎士之姿，阻擋在伊思卡等人的面前。

「——和我一同發動戰爭吧。」
琪辛・佐亞・
涅比利斯九世
Kissing Zoa Nebulis IX
涅比利斯三大血族之一——佐亞家的祕密武器，寄宿著「棘」之星靈的純血種。與名為伊莉蒂雅的強敵相遇，為她的心境帶來了莫大的變化。

這是妳與我的最後戰場，
或是開創世界的聖戰 12

the War ends the world /
raises the world

So Se lu, uc song lishe thac mihas.
強烈的愛情足以凌駕痛楚。

deus E gfend mihas thac elphe gfend vel hem-Ye-r-arsia Zill fears?
比誰都更怕痛的你，依舊害怕著因觸碰而受傷嗎？

solit kis mihas thac mihas. E yum vilis Uho.
有比疼痛更難受的痛楚。你應該很清楚這樣的事實吧？

Kadokawa Fantastic Novels

機械運作的理想鄉

「天帝國」

伊思卡

Iska

隸屬於帝國軍人類防衛機構第三師第九〇七部隊。過去曾以最年少之姿晉升至帝國最強戰力「使徒聖」，卻因為協助魔女越獄而被剝奪資格。擁有能阻絕星靈術的黑鋼星劍，以及能將最後斬過的星靈術重現一次的白鋼星劍。是為了和平而戰的直率少年劍士。

米司蜜絲・克拉斯

Mismis Klass

第九〇七部隊的隊長。雖然長著一張娃娃臉，怎麼看都是個小女生，但其實是個不折不扣的成年女子。儘管個性憨傻，但責任感強烈，深受部下們的信任。由於摔落至星脈噴泉，因而化為魔女。

陣・修勒岡

Jhin Syulargun

第九〇七部隊的狙擊手，有著出神入化的狙擊技術。由於和伊思卡拜同一位人物為師，因此結交已久。雖說個性冷酷，而且嘴上不饒人，但也有為同伴著想的熾熱之心。

音音・艾卡斯托涅

Nene Alkastone

第九〇七部隊的機工負責人。是一名開發兵器的天才，能將從超高空拋射穿甲彈的衛星兵器操控自如。她將伊思卡視為兄長般仰慕，是一名純真可愛的少女。

璃灑・英・恩派亞

Risya In Empire

使徒聖第五席，俗稱「全能天才」。是戴著黑框眼鏡、身穿套裝的美麗女子。與米司蜜絲同期入隊，對她相當中意。

魔女們的樂園

「涅比利斯皇廳」

愛麗絲莉潔・露・涅比利斯九世

Aliceliese Lou Nebulis IX

涅比利斯皇廳的第二公主，亦是下一任女王的有力人選。她是能操控寒冰的最強星靈使，以「冰禍魔女」之名令帝國聞風喪膽。厭惡皇廳內部爾虞我詐的她，在戰場上遇見了敵國劍士伊思卡，與之光明磊落的一戰打動了她的芳心。

燐・碧士波茲

Rin Vispose

愛麗絲的隨從，能駕馭土之星靈。女傭服底下藏滿暗器，在刺殺方面也擁有極高的造詣。雖然總是擺著一張撲克臉，難以看出內心的想法，卻對胸部的大小相當自卑。

希絲蓓爾・露・涅比利斯九世

Sisbell Lou Nebulis IX

涅比利斯皇廳的第三公主，也是愛麗絲莉潔的妹妹。她寄宿著能以影音形式重播過去現象的「燈」之星靈。過去曾被帝國關入大牢，並受到伊思卡救助。

假面卿昂

On

與露家相爭下任女王寶座的佐亞家一分子。居心叵測的謀略家。

琪辛・佐亞・涅比利斯九世

Kissing Zoa Nebulis

被稱為佐亞家祕密武器的強大星靈使。寄宿著「棘」之星靈。

薩林哲

Salinger

曾暗殺女王未果，因而鋃鐺入獄的最強魔人。目前是逃獄之身。

伊莉蒂雅・露・涅比利斯九世

Elletear Lou Nebulis IX

涅比利斯皇廳的第一公主。將精力耗費在遊歷外地上，鮮少滯留在王宮之中。

the War ends the world / raises the world

CONTENTS

Prologue.1　「烏雲遮蔽星辰之夜」

縱貫整片大陸的大陸鐵路。

在朝著世界第一大國「帝國」持續行駛的特快車之中，有一名眉清目秀的金髮少女。她正將手搭在窗沿上，眺望著窗外的風景。

「────」

她有著一張英氣十足的可愛側臉。

夜風自微微敞開的窗戶吹入，讓她的長髮隨風搖曳。

宛如一幅渾然天成的畫作。

若是在場有偶然路過的畫家，肯定會瀟灑地架起畫布為少女素描吧。

然而──

想遇上旅行中的畫家，機率自然是奇低無比。

取而代之地現身的是──

「愛麗絲大人，小的有事稟報。」

從隔壁車廂走來的老隨從修鈫茲。

身穿西裝的老者以僅有愛麗絲能聽見的音量低聲說道：

「始祖在帝國現身了。」

「……果然是這樣的發展呢。」

「帝國的第七國境關卡(Check Point)似乎遭受破壞，她想必正在與帝國軍進行交戰吧。其周遭一帶已經發布戒嚴令。」

「……我想也是。」

沒能來得及制止。

這苦澀的情緒，讓愛麗絲莉潔·露·涅比利斯九世——愛麗絲在無意識之中不甘心地咬緊了自己的臼齒。

……簡直像教科書般的「最糟」情況呢。

……始祖隨時打算將帝國燒成一片廢墟。

帝國是敵人。

對於身為涅比利斯皇廳公主的愛麗絲來說，打垮帝國也是她的宿願。

但始祖的做法**太過火**了。

那個古老的魔女一旦遭受妨礙，想必會連同介入的第三者和帝國一併化為灰燼吧。

就連周遭的中立都市也會被無端捲入，承受非比尋常的損害。這和自己(愛麗絲)所期望的和平完全背道而馳。

……現在燐和希絲蓓爾還在帝都裡呀。

……要是帝都遭到襲擊，連她們都會淪為犧牲者。開什麼玩笑！

此外還有一人。

自己也認可的勁敵劍士也待在帝都。

「……要是敢對伊思卡動手，就算貴為始祖，本小姐也饒不了妳。」

「什麼？」

「沒事，我什麼話都沒說。」

愛麗絲對著老隨從乾咳了一聲。

總而言之，始祖若是在這個節骨眼上襲擊帝國，會對自己造成莫大的困擾。

「修鈸茲。」

「小的在。」

「儘管本小姐已經說過很多次了，這是最後一次。我們得阻止始祖才行。」

「也得阻止佐亞家呢。」

「是呀。本小姐會以代理女王的身分命令他們收兵。他們若是不從，我就算強行用繩子綁的也得把他們拖回皇廳呢。」

自己現在的身分是代理女王。

她被賦予的命令權僅在女王之下，就算面對王族，也有強制使其服從的權力。

……但佐亞家當然不會乖乖聽話吧。

……畢竟是那個假面卿。

佐亞家對外鼓吹的方針，便是摧毀帝國。

與愛麗絲打垮帝國的目標恰成對比，他們的願望乃是讓帝國澈底滅絕。

換句話說，他們渴望的是一場屍骨無存的大戰。

一直靜候著始祖清醒的佐亞家，肯定不會錯過這個大好機會。即便愛麗絲下令撤兵，他們肯定也會用上各種陽奉陰違的手段。

「感覺是一項棘手的差事呢……」

愛麗絲輕輕嘆了口氣，抬起臉龐。

她再次將視線投向窗外。

「————」

「愛麗絲大人，您從剛才就一直看向戶外，有什麼讓您掛心的事嗎？」

「我在看夜空。」

Prologue.1　**「烏雲遮蔽星辰之夜」**

正確來說，她看的是覆蓋了夜空的烏雲。

險惡的黑色雲朵。

閃耀的群星皆被雲層隱藏起來。

她閃過了不祥的預感。

星星被烏雲遮蔽的夜晚總是讓她心神不寧，而今夜的狀況特別嚴重，甚至讓自己心跳加速。

……是因為太緊張？

……因為得和那個始祖交手？

她不清楚原因為何。

只知道距離帝國愈近，她內心的不安就愈是膨脹。

這股不安——

究竟源自何處？

Prologue.2 「殘月之夜」

她湧現了不安的情緒。

每逢殘月之夜，總會傳來壞消息。

「……什麼嘛，我難道在為這種沒來由的迷信感到害怕嗎？」

縱貫大陸的大陸鐵路。

一台大型的廂型車，正以極快的速度在與鐵路並行的高速公路上狂飆。

目標是帝國的關卡。

這輛廂型車是帝國出廠的車輛，加上自己有在帝國軍臥底時製作的假身分證，要通過關卡想必是輕而易舉，理應沒有需要擔憂的要素存在。

「……就是有股不祥的預感。」

她透過車子的天窗，仰望著窗外的夜空。

Prologue.2　「殘月之夜」

今天是難得的滿月之夜，卻被薄長的烏雲遮蔽了一部分。

此情此景——

讓她暗自萌生出不安的新芽，內心為之躁動。

『晚上好，小夏諾蘿蒂。』

一道男性的嗓音自駕駛座的通訊機傳來，呼喚著自己的名字。

那是涅比利斯皇廳三王家之一——「月亮（佐亞）」的代理當家假面卿的聲音。

『夜裡的兜風還順利嗎？』

「晚安，假面卿。是的，我開得相當愉快。迎著夜風開在看不到盡頭的車道上，著實是一大享受呢。」

聽到主使者的嗓音，金髮的女諜報員欣喜地垂下眼角。

夏諾蘿蒂．葛雷高里。

她有著甜美的外貌和嗓音，還有著比一般成年男性更為高挑的精壯身材。

她活用這身極具特色的天生優勢，潛入帝國軍擔任臥底。她在軍中晉升到隊長階級，並竊取帝國軍的資訊，是佐亞家的諜報員。

夏諾蘿蒂的身分在爭奪星脈噴泉（Vortex）的戰役之中遭到揭穿，其後返回皇廳直到現在。

『這麼臨時才找上妳。妳願意協助真是幫大忙了。』

夜風自車窗吹來，也撩動著假面卿的嗓音。

他的心情很好。

即便隔著一台通訊機，假面卿愉快的神情也彷彿歷歷在目。

『根據我收到的最新報告，朝帝國移動的始祖大人已襲擊了第七國境關卡。這很符合……不對，是順利得遠超乎我們的預期。』

「是呀——要是能順勢而為，那就棒透了呢。」

始祖是古老的大魔女，她曾在一百年前將帝都化為一片火海。

而她若是捲土重來，那麼這次不只是帝國全境，就連整片大陸都會為之戰慄吧。這對佐亞家來說是千載難逢的好機會。

『我和琪辛很快就會跟上，我們已經快抵達帝國的國境了。』

「我知道會合的地點，**因為我對這方面很熟呢**。」

『沒錯，小夏諾蘿蒂，接下來就是妳出馬的時候了。我需要妳幫忙帶路。』

自己（夏諾蘿蒂）對帝國瞭若指掌。

尤其是在國境的守軍分布和市鎮的防衛系統方面，她甚至有把握比土生土長的帝國人知道得更多。

畢竟她以帝國軍的隊長身分生活了很長一段時間。

「等到始祖大人發起襲擊，佐亞（我等）家便配合時機攻入帝都，並營救淪為階下囚的當家大人和其他同伴……是這樣沒錯吧？」

『就是這麼回事。小夏諾蘿蒂，根據妳的推測，同伴們應當被關押在——』

「名為『天獄』的監獄呢。」

專門收容魔女的地底監牢。

那是連一絲陽光也無法透入的鋼鐵牢籠。在無數次交火中遭到帝國軍俘虜的數百名星靈使，就是被囚禁在該處設施。

「假如用上琪辛大人的星靈（力量），那要攻克監獄想必是易如反掌。而一旦救出高達數百人之多的同伴，他們就能在轉瞬間化為一支強勁的援軍。」

『想必也可能讓帝都再次陷入火海吧？』

「當然，我很清楚監獄的位置，帶路一職就包在我身上吧。」

『真是太棒了。』

響亮的拍手聲傳了過來。

『小夏諾蘿蒂，妳的協助著實讓人放心。我很期待與妳順利會合。』

「不過，假面卿，我得先向您道個歉。因為以我目前的行車速度來看，恐怕得到明天中午才能抵達帝國國境呢……」

『那我們就趁這段時間把礙事的帝國軍掃蕩殆盡吧。』

「我明白了～」

通話就此結束。

流淌在車內的是規律作響的引擎聲，以及夜風呼嘯的聲響。

「能聽到假面卿難得這麼開心，也算是不虛此行了。」

她憶起剛才的對話。

假面卿這名男子總是頂著溫和的笑容，但那只是工於心計的他所展露在外的形象，那樣的笑容絕非發自真心。

然而，夏諾蘿蒂卻能斷定，假面卿今晚的微笑是「真心」的。

長年的宿願終於來到了實現的這天。

將帝國化為灰燼——佐亞家的這般願望，將由他親自動手執行。難以壓抑的喜悅之情，甚至從通訊機的那一端滲透而來。

只需要再幾道手續。

等待始祖正式襲擊帝國之後，再趁著混亂混入帝都即可。

……沒錯。

……真的只差臨門一腳了。

但自己為何會如此惴惴不安？

「嗯……果然是因為月亮大人的關係嗎？」

在地平線的彼端，渾圓美麗的月亮正被黑雲遮蔽，眼看就要消去身影。

夏諾蘿蒂對此感到厭惡。

滿月即將消失。

正要迎接最為輝煌一刻的月亮，卻受到了詭異烏雲的威脅。

眼前的情景令她做出這樣的聯想。

「哎……這也是我的老毛病了，我老是被人說『明明身材這麼高大，個性卻膽小又愛操心』呢。這我也知道呀，又不是沒自覺……」

高速公路朝著地平線的彼端延伸。

夏諾蘿蒂環顧著通往帝國的道路，大大地嘆了口氣。

「還能有什麼事呢？假面卿和琪辛大人都出動了，更何況連始祖大人也親自出馬，月亮哪還有殘缺的道理呢？」

Chapter.1 「幻影們消失之日」

1

那是自帝都的深邃地底所噴發之物。

一陣劇烈的晃動。

這裡是位於地下兩千公尺的天守府地底大廳。而在更下方之處，傳來了像要震碎岩層般的巨響，以及幾乎要掀翻地表的強烈晃動。

「又來了嗎！」

「這、這是怎麼回事？怎麼一直搖來晃去呀！」

銀髮狙擊手陣瞪著腳下，而他身後的希絲蓓爾則是靠著牆。

受到劇烈的震動影響，眾人都沒辦法站穩腳步。

就連身為帝國士兵的音音和米司蜜絲隊長都是一陣踉蹌，只能勉強維持站姿。

「陛下？」

「——————」

璃灑推了一下眼鏡的鼻梁架，而她面前的銀色獸人則是沉默地俯視著下方。

獸人有著人類所不具備的尾巴和突出的耳朵。

——他是天帝詠梅倫根。

他既是這帝國的最高領導人，也是在百年前首位沐浴在星靈能源之中的人物。而他正以貓兒般的一對大眼凝視地板。

『震央恐怕來自帝國議會。八大使徒，你們挺忙的啊。還以為你們又打算策劃什麼陰謀……這還真是出乎意料。』

天帝詠梅倫根瞇細了雙眼。

他淺淺露出嘴裡的尖銳虎牙，臉孔因苦澀的情緒而扭曲。

『有股非常討厭的味道，是百年前也聞過的那個臭味。　百年前——讓一切失控的災難之力正飄散於此地。』

他忿忿地繼續開口說道：

『這卑賤的公主，居然接納了災難的力量嗎——黑鋼後繼，跟梅倫過來。』

「唔！」

被突如其來地這麼指名，伊思卡有一瞬間說不出話來。

黑鋼後繼。

他知道帝國軍之中，有一小部分人這麼稱呼自己。

不過，他原本以為這只是因為自己師承黑鋼劍奴克洛斯威爾的關係，而師父也未曾對此多加解釋。

——但現在不一樣了。

在透過希絲蓓爾的「燈」重現過百年前的樣貌後，伊思卡已然得知箇中蹊蹺。

「克洛，那是什麼？」

「這是『希望』——只要有了這把星劍，我們說不定就能打倒位於星之中樞的災難。」

他是被託付了星劍的繼承人。

……然而，我還完全不懂「災難」到底是什麼東西。

……那是指某種異常現象嗎？還是說……

『就用你的雙眼親自確認吧。』

天帝像看透了伊思卡的心思似的，窺視著他的臉孔。

『就讓梅倫讓你明白，你不得不面對的敵人（東西）是何方神聖吧。但現在在底下的並不是那玩意兒的本體，只是一個耽溺在那力量之中的魔女罷了。』

2

帝國議會。

別名「無形意識」。

之所以會有這樣的別名，是因為所有地圖都沒有記載議事堂的位置。

地下五千公尺的帝國最深處。

這裡曾經被冠上另一個名字。

「『星之肚臍』——這裡原本似乎是被這麼命名的採礦場呢。」

魔女的嗓音豔麗地響起。

她像吟遊詩人敘說故事般，語氣流暢地說道：

「透過星之民遺留的古代文獻，你們對『星靈』的存在感到深信不疑。你們打著採掘新能源的口號，打算將那些物質從這地底五千公尺之地挖掘出來……不對，你們確實成功了，各位的確是名副其實的賢者。**到這裡為止都還是好事一樁**。」

伊莉蒂雅・露・涅比利斯。

她穿在身上的衣服，並非設計給露家第一公主的王袍（禮服）。

而是一套黑色的婚紗。

那是宛如將漆黑的霧氣凝結而成的極黑色調。明明暴露的衣著將她大半的肢體裸露在外，這套魔女服飾卻散發著讓人背脊發涼的空虛感——

「可惜的是，你們沒能從過去的失敗中學到教訓。你們在一百年前沒能控制住星靈，因而讓星靈使這等棘手的存在誕生於世。而不知長進的你們，這回卻為了獲得超越星靈的力量，對**那玩意兒**出手了。」

『——』

「被星之民戒慎恐懼地稱為『大星災』、近似星靈卻又不同之物——對於這樣的存在，你們肯定望眼欲穿吧？畢竟若是獲得了那樣的力量，只是一介電子生命體的你們，說不定就能獲得嶄新的肉身。但很可惜的是——」

間隔了一個呼吸。

她將手放在就連美之女神都為之欽羨的豐滿雙峰前。

「被那玩意兒選上的是我，而不是八大使徒（你們各位）。」

唰——

伊莉蒂雅帶有捲度的翡翠色長髮劇烈飄動。這裡是無風的空間。她的頭髮之所以會飛揚起來，是因為被她體內滲出的強大力量牽引——

那是絕不容許一絲光芒透入的黑暗氣流。

氣流自伊莉蒂雅的腳底噴發而出。

『真美。』

串連在一起的八台螢幕這麼回應著。

『為了追求力量，不惜墮落為異形。若是史詩（Epic）裡的情節，妳就是應當被勇者討伐的怪物。但妳和史詩裡的怪物大不相同，因為妳擁有自己的「夢想」。』

『打算創造所有星靈使樂園的夢想。』

『妳期盼的並非自身的幸福。』

『而是做好了化身醜惡魔女被世人厭惡的覺悟。』

『美麗得宛如女神下凡的妳，究竟下了多大的決心，才能捨棄掉那美麗的尊容呢？妳不惜做到這種地步，也想拯救弱小之人。』

『這真是美麗的信念，是足以自豪的美學啊。』

拍手聲駱繹不絕。

失去了盧克雷宙斯的七名古老賢者們接連稱讚她。

「哎呀，居然還願意開金口稱讚，真是虛懷若谷。」

在包覆層層黑霧的深處，伊莉蒂雅驀地揚起了嘴角。

那是不帶一絲慈愛的輕蔑冷笑。

「作為回報，就由我讓各位在不受皮肉痛的狀態下消失吧？」

魔女發出了宣戰聲明。

對此，八大使徒的反應則是——

『被養在鳥籠裡的鳥兒，究竟是幸福還是不幸呢？』

「……你說什麼？」

『妳就在永恆的鳥籠中過上幸福的一生吧。』

地板崩裂開來。

以伊莉蒂雅的所在地為中心，會議場的四個角落同時碎裂，黑褐色的扭曲尖塔隨之浮現，宛如自地面迸出的植物新芽。

「……這是！」

伊莉蒂雅環顧著四座尖塔，睜大了雙眼。

——偽裝結界「星之中樞」。

四座尖塔的塔頂迸出電弧般的光芒，包覆會議場所在的整個區域。

能封住星靈的絕緣地帶。

在這四座尖塔所構成的區域之中，星靈能量無法外洩。

換句話說，**這是用來關押星靈的牢籠**。

『雖然有點像在回敬妳說過的話，不過，伊莉蒂雅啊。』

『現在的妳才是因為耽溺於力量，而失去了原有的小聰明吧？』

「滋滋……」的聲音響起。

伊莉蒂雅觸碰結界邊緣的指尖，迸出尖銳的火花。

『妳說過吧，自己已經超過一個月沒有進食，也超過一週沒有攝取過一滴水，也提過最近甚至不需要呼吸了。』

『妳被災難（那玩意兒）附身的肉體已不是人類，而是星靈了。』

『而這正中我等的下懷。』

這下就能夠關住她了。

如今的伊莉蒂雅可說是一介邪惡的星靈，而即便是再凶悍的星靈，都會被這絕緣區域封印住力量。

『這樣的未來在我等的意料之中。』

七台螢幕所組成的群體，發出了更為強烈的光芒。

『原為實驗體的妳逃出瘋狂科學家（凱賓娜）的設施。從那時起，八大使徒（我等）就已經預設好最糟糕的劇本並加以防範。』

『和災難同化的妳，說不定會對我等張牙舞爪。』

『而這就是我等擬定的對策。』

『現在的妳，無異於自行飛入鳥籠的鳥兒呢。』

「————」

宛如黑色窗簾般的結界。

而佇立在其中的翡翠色頭髮美女，正一臉嚴肅地仰望螢幕。

「啊哈！哈哈、啊哈哈哈哈哈————！」

她突如其來地大笑出聲。

從那誘人的雙唇吐露而出的，是讓人聽了為之戰慄的嬌笑。

「我是星靈？錯了，我是一名魔女喔。」

……咻……

這時，地板升起了冉冉白煙。

原本盤據在伊莉蒂雅周遭的黑色氣流，在這時宛如蟲繭般包覆起她的全身上下。

『什麼？』

她正在進化。

在獲得了八大使徒求之若渴的力量後，公主的肉體再一次產生了變化。

她即將從星靈使蛻變為非人怪物。

「真是一群傻瓜。」

啪哩……霹哩……

宛如某物碎裂般的不快聲響。

那是包覆著伊莉蒂雅的四根尖塔所發出的悲鳴。由黑色石材打造的尖塔表面蹦出裂痕，在八大使徒的注視下，裂痕的面積逐漸擴大。

眼看尖塔崩塌在即。

『這怎麼可能……唔！』

『就連這個結界也壓抑不住嗎！』

坍塌。

彷彿玻璃碎裂的乾澀慘叫聲迴盪四周，用於封印星靈的結界碎裂殆盡。殘留在原地的，只有待在中心處之物——

徒有人類外型的漆黑怪物。

真正的魔女。

有如將黑色的夜空凝縮為人型似的——僅僅由黑色構成的浮游物體。

沒有雙眼、也沒有口鼻。

呈現半透明的黑色體內，封藏著數以百計的發光粒子。

『因為我是個邪惡無比的魔女呀。』

這句話中的魔女，指的並不是星靈使。

而是會為世界帶來災難的惡意象徵。即使是目睹過天帝變化為異形的八大使徒也為之驚愕的

——超乎常理的怪物現身於此。

她便是在這顆星球上——

獲得了窮凶極惡之力的魔女。

『這是……多麼駭人的身姿……！』

『啊哈！』

真正的魔女攤開雙手。

將人類的肉體和心靈悉數拋棄的伊莉蒂雅，展露出亢奮至極的動作，並以蕩漾的口吻說道：

『棒極了。忘卻恐懼、動搖、後悔、痛楚和一切，將所有人踩在腳下的八大使徒，此時竟是如此狼狽。我甚至希望能將這幕轉播到世界各地……哎呀呀，但這樣連我的姿態都會播映出去，說不定會把孩子們嚇哭呢？』

轟！

毫無徵兆地，映出八大使徒身影的螢幕被彈飛。

除了盧克雷宙斯之外的七台螢幕，其電源線皆被拔除，而用以支撐螢幕的螺絲也悉數彈開、掉落在地。

螢幕上頭各自寫著每個人姓名的首字母——「V」、「E」、「A」、「P」、「N」、「O」、「W」。

比特根修勒、艾汀埃奴、阿雷丁、普羅梅斯迪烏斯、諾巴拉修坦、歐凡、懷茲曼。

支配帝國之人的身影也從螢幕上消失。

『哎呀？哎呀哎呀，呵呵。』

真正的魔女（伊莉蒂雅）興奮得笑出聲來。

會議場正面的牆壁朝著左右崩裂開來，隨之噴出了蒸氣。

蒸氣綻放著蘊含星靈之光的神聖光芒，在那後面——銀色的殲滅物體（Object）隨之扒開牆壁，緩緩站直了身軀。

『巨星兵。這不是凱賓娜的失敗作嗎？這醜陋的容器之所以會誕生，只是為了讓身為電子生命體的八大使徒依附其上。』

半靈半機的巨人。

那是以雙足站立的「宛如生物的機械」。巨人全身上下展露出彷彿動物呼吸的脈動，並吐出星靈能源蒸氣，看起來儼然就是一隻生物。

而巨人的能源來源乃是「星靈」。

『伊莉蒂雅，這也在我等的掌握之中。』

『寄宿在妳身上的災難雖然近似星靈，但其實是水火不容的對立關係。換句話說，對現在的妳而言，星靈能量便是劇毒。』

沒錯。

過去借助了災難之力化為魔天使的瘋狂科學家，便是因此而消滅殆盡。

當時的她，被伊思卡和燐聯手打入星靈熔爐之中。

「魔天使（我）和魔女（碧索沃茲）所具備的『那個』的因子，和這顆星球的星靈有著無法相容的特性。」

「所以一旦沐浴在大量的星靈能量之中……即使是對於人類（你）無害的星靈能量，對我來說卻宛如劇毒。」

真正的魔女便是完美版本的魔天使。

她成為了這世上最厭惡星靈能量的存在。

『妳身為星靈使公主，將會被星靈能量淨化消滅。這不是很美妙的結局嗎？』

『妳就歸於星球吧。』

以雙足站立的巨人，伸出了一條手臂。

巨人的掌心有著十字型的裂縫，那裂縫宛如間歇泉似的排出蒸氣，滿溢看似星靈之光的光芒。

光芒驀地凝縮。

就在目擊到這一幕的瞬間，刺眼的光之濤浪便以無從反應的速度疾射而出。

——「觀星空」。

隨著「嘰」的尖銳聲響，長長的光帶隨之甩出。

與其說是光線，更適合用光柱來形容的超巨大星靈能量團塊，就這麼連同空間一舉燒穿了陰影色的魔女。

不留下一絲痕跡。

高純度星靈能量「觀星空」的噴發量，幾乎能與中等規模的星脈噴泉一較高下。

強光抹消了一切，殘留在現場的，只有牆上的巨大窟窿而已。

會議場陷入一片死寂。

就在牆壁的碎片接連朝著地板掉落之際——

『啊啊，好開心。』

豔麗的嬌笑聲迴盪四周。

『我的心情實在太好，好到讓我都要害怕起來了呢。表現得像個恃強凌弱的強者，明明是我最討厭的事。啊啊……不過，這亢奮的感覺似乎會讓人上癮呢。』

「黑暗」在虛空之中逐漸匯集。

被觀星空之光消滅得灰飛煙滅的魔女，宛如盤旋的霧氣般凝聚起來，再次形成人型的外觀。

『唔——！』

『居然躲過了那道光嗎？』

唰——

巨大的機器人溢出了七人份的動搖之情。

『躲過？絕無此事，那可是非常痛呢——雖然我連痛覺也幾乎感受不到了。若要打個比方，那應該就像被澆了一頭滾水的痛楚吧？』

魔女環起雙臂，像在抱住自己的身子。

然後——

『……**所以呢**？**就這麼點本事**？』

毫無感情的嗓音。

投向巨星兵的冰冷宣言，足以讓八大使徒時隔百年憶起「打冷顫」這樣的詞彙。

『不夠，遠遠不夠。幾位難道真的認為——與星之災難契合的我，光憑那點水準的星靈能量就能夠打擊我嗎？』

『……這不可能！』

『那可是相當於一座星脈噴泉的星靈能量啊……！』

若將一般水準的星靈術比喻為橡膠子彈——

那觀星空的星靈能量，就相當於大型的導彈。

巨星兵是八大使徒的祕密武器，而火力最為強大的一擊無法扳倒對手，這對他們而言無異於絕望——

無論是帝國還是皇廳，已經不存在擊敗真正魔女的手段了。

子彈和大砲無法奏效。

唯一的弱點只剩星靈能量，但就算正面挨了觀星空的一擊，魔女也只是嘲笑他們自不量力。

皇廳也一樣。

就算動員涅比利斯皇廳的所有星靈使，他們所施放的星靈術，想必也只會被真正魔女不以為然地承受下來。

『力量（能量）**還差了兩個級距**。若是想擺平我——』

『～～～唔！』

『豈有此理……難道已束手無策了嗎…………唔！』

『看，就像這樣。』

黑色的閃電迸現。

伊莉蒂雅所釋出的光芒只能如此形容——遠遠凌駕於觀星空光亮的強大光浪，就這麼將巨星兵轟飛出去。

巨星兵被強光貫穿，炸成數以百計的零件飛上半空。

嘩啦嘩啦——

曾為巨星兵的殘骸，就這樣堆積在會議場的地板上。

『哎呀，就如此不像樣地劃下句點嗎？我聽說這堅硬的程度堪比星球的外殼，難道王宮的牆壁也是這麼不堪一擊嗎？』

魔女交抱起雙臂。

原先俯視自己的巨星兵，如今化為機械碎片崩落在地。而附身在巨星兵上頭的八大使徒，肯定也隨之消亡了。

『真是教人失望。可憐的賢者們，我還想再多看一些你們慌張的模樣呢。』

她調轉腳步背對殘骸。

伊莉蒂雅已經對在地板上堆積如山的殘骸失去興致。在超過百年的漫長時光之中，這些在暗地裡操控帝國的支配者們，最終落得如此索然無味的下場——

「妳是這樣想的嗎？」

喀啦……

有人踩踏著會議場地上瓦礫的氣息傳了過來。真正魔女察覺到並回頭一看，便看見一名提著細長巨劍的男子站在不遠處。

他穿著將盔甲和大衣合而為一的戰鬥服，是一名紅髮的帝國士兵。

『哎呀，約海姆。』

化身為人型怪物……的伊莉蒂雅愉快地開了口。

那是喜不自勝的口吻。

她明明看到了理應與自己敵對的帝國士兵，她的嗓音卻像見到心愛男子的少女，充斥著純粹喜悅之情。

『你不是應該在地面幫我把風嗎？還是說，你終究還是放心不下，所以趕了過來？你以為我會敗在八大使徒的手下？』

「說對一半。」

『？』

「伊莉蒂雅，我不認識比妳更聰明的人。就勾心鬥角這部分來說，我不會為妳感到擔心。」

紅髮的帝國劍士邁步走來。

——他是使徒聖第一席，「瞬」之約海姆。

表面上在帝國軍的中樞從軍，但私底下向伊莉蒂雅獻上畢生忠誠的這名劍士，將目光筆直地投向前方。

那裡堆放著巨星兵的殘骸。

「但可別小看八大使徒。」

零件和瓦礫堆成小山。

約海姆俯視著眼前的光景。

「八大使徒為了將這顆星球的所有權力納入掌中，已經存活超過一百年。他們的業障和執念之深，已可以稱之為怨念了。只要是為了苟活下去，他們便能不擇手段，即便會讓尊嚴掃地也在所不惜。比方說……」

嘰。

紅髮劍士的鞋尖踢飛了瓦礫。

從底下冒出七片螢幕碎片。仔細一看，便能發現那些碎片如今依然閃爍著微光。

「**像是藏身在瓦礫底下，裝作已然消亡**之類的。」

『————！』

螢幕碎片劇烈閃爍。

那顯然有著自己的意志。聽到約海姆的話語，加上躲藏遭到識破，讓螢幕以閃爍的方式呈現出動搖的情緒。

「就像這樣。就算化身為醜陋的碎片、處於無法說話也無法投影自身模樣的狀態，他們也會咬牙蟄伏。想必在我們離去之後，他們就會再次尋找附身的對象，重新執掌大權吧。」

八大使徒是沒有肉體的電子生命體。

即便沒了巨星兵，他們也大可附身在任何機械上頭，藉以重操舊業。

『……還真是不容小覷呢。』

混雜著嘆息所呈現的情緒——

伊莉蒂雅脫口而出的，是混合著讚美和傻眼的嗓音：

『各位真的、真的是非常可憐呢。明明肉體早已毀滅，卻仍用一縷思念攀附著現實不放。』

七片螢幕碎片劇烈閃爍。

面對俯視己方的伊莉蒂雅，他們想必正拚命述說著什麼吧。

『我是邪惡的魔女，雖然已經對皇廳毫無眷戀……但作為一員渺小的星靈使，我還是殘留著一點心願。我說，你們應該知道那是什麼樣的心願吧？在百年前讓諸多星靈使流血流淚的始作俑者們？』

面對八大使徒。

星靈使公主俯視著閃爍的七枚碎片，高聲宣告道：

『就讓我代替所有星靈使的怒火，將你們踏成碎屑吧。』

『────────！』

『……我是很想這麼說啦，但似乎沒有這個必要呢。』

她轉過了身子。

伊莉蒂雅招了招手，讓約海姆跟上。有著人型的怪物背對巨星兵的殘骸，隨即向外邁步。

七枚碎片就這麼被置之不理。

是放了他們一馬？

還是不把他們放在眼裡？

真正的魔女和約海姆離去後，只剩下靜悄悄的會議場。

喀啦……

小小的碎片從天而降。

從遍布龜裂的天花板，落下了水泥牆的一部分。

『────！』

沒錯。

八大使徒自己透過巨星兵釋放的觀星空，加上伊莉蒂雅所釋放的星靈能量——在這兩股威力的衝擊下，會議場早已搖搖欲墜。

傾圮。

啪啦啪啦……喀啦……細小的碎片逐漸夾雜大型的碎塊掉落。

此時——

魔女的嗓音從某處傳了過來。

「再見了，在古老時代犯下重罪的人們。」

「這裡是你們挖掘出來的『星之肚臍』，以及象徵權勢的帝國議會。能與之一同消滅，想必也是得償所願吧？」

隨後便是坍塌。

原為天花板的牆壁，化為了數百公斤——甚至是數公噸重的瓦礫。

灰色的石雨傾注而下，將落在地板上的七枚螢幕碎片澈底輾碎——

帝國議會——

八大使徒──
就此消失在這顆星球上。

Chapter.2　「奏響於世界末日（太強大了，真對不起）的魔女之歌」

1

過去曾有一對冠有涅比利斯姓氏的三姊弟。

三人來到世界最大的國家「帝國」求職掙錢，之後在世上最深的洞穴——名為「星之肚臍」的採礦場沐浴了星靈能量，變成魔女和魔人。

雙胞胎姊姊艾芙在日後被稱為始祖。

雙胞胎妹妹愛麗絲蘿茲在日後被稱為涅比利斯一世。

至於——

留在帝國、待在天帝身旁的乾弟弟克洛斯威爾，則被人稱為黑鋼劍奴。

——而其中的兩人在睽違百年後再次相逢。

帝國領地，第七國境關卡。
位於國境線上的這處關卡，如今各處都升起了冉冉黑煙。
鐵製的柵欄像糖塑點心般，被彎折得歪七扭八。
帝國軍的裝甲車被翻了個車底朝天，而撤退的帝國士兵們拋下的槍枝則是堆疊在周遭。
這樣的光景——
僅僅是由一名魔女所引發的大規模破壞的痕跡。

「……要和我聊聊？」

地面的帝國軍已經全數撤退。
在其遙遠的上方，是一片深邃的藍色蒼穹，而有著褐色肌膚的少女正孤零零地飄浮其中。
「克洛，事到如今還有什麼好聊的？」
始祖涅比利斯。
黯淡的金髮隨風飄揚，最為古老且強大的魔女俯瞰地面。循著她的視線看去，便能看到曾經在大吵一架後分道揚鑣的乾弟弟。
克洛斯威爾·葛特·涅比利斯。

星劍的第一任擁有者只輕聲呢喃了一句：

「來回顧過往吧。」

「回顧過往？」

「……世事總無法盡如人意。在這一百年期間，我和詠梅倫根都切身明白了這樣的道理。」

他輕輕嘆了口氣。

「雖然忘記是什麼時候了，但我曾經對妳這麼說過吧——『我和詠梅倫根確實還沒有改變帝國，然而，我們找到促成契機的希望了。』」

「所以呢？」

「在乾姊沉睡的這段期間，這片大地發生了太多事。一度化為火海的帝都完成重建，而且不只是重建而已，整座城市都進入高度機械化的時代。對乾姊來說，現在的帝都想必宛如一座未來都市吧。」

「**原因呢**？」

乾姊姊的話聲帶刺。

「克洛，你就別裝傻了。帝國之所以發展科技，是因為恐懼魔女的關係吧？這只能作為帝國仇視星靈使的證據。」

「是啊。我無法否認帝國存在著這樣的風氣。」

他再次嘆息。

原本仰著脖子的克洛斯威爾，在這時驀地拉低了視線。

「總而言之，那是我和詠梅倫根始料未及的結果。自從帝都被燒成灰燼之後，所有的帝國人都憎恨——且恐懼起魔女和魔人……所以我和詠梅倫根才會選擇留在帝國，等待時機到來。」

時間會解決這些問題。

無論是帝國對於星靈使根深柢固的恐懼——

或者是皇廳對於帝國軍鋪天蓋地的憎恨——

總有一天都會化為烏有吧。

就算十年、二十年還不夠。

克洛斯威爾原本認為只要花上五十年、七十年——甚或是百年的漫長時光，人們總會沖淡這方面的記憶。

「……我切身感受到，世事真的無法盡如人意。」

他再次重複了先前的話語。

這句話不是對著乾姊姊說，而是講給克洛斯威爾自己聽的。

「帝國和皇廳的爭端日漸加劇，開始在世界各地展開衝突。憤怒非但沒有淡化，還讓下一代繼承了這個思想。我沒能阻止這件事。」

他最大的失算，就是詠梅倫根的身體狀況。

和始祖相同、被星之災難之力附身的詠梅倫根在登基之後，很快就一睡不起。

整整一年之中，他僅會清醒短短幾日。

「我能做的事，就是在天帝（那小子）起床的時候告訴他『今天』是何月何日，以及向天帝說明他睡覺的期間發生了哪些事。到頭來，帝國的權勢依然掌握在八大使徒的手裡，而帝國軍的編制也變得尾大不掉。」

皇廳也是一樣。

在第一代女王愛麗絲蘿茲死後，涅比利斯的血脈便分成三個王室。

三王室擁有各自的根據地和星靈部隊，為了和帝國軍開戰而養精蓄銳。

「克洛。」

面對滔滔不絕的他。

始祖的回應顯得相當尖銳。

「你講的這些說不上是回顧，只是在懺悔罷了。」

「…………」

「在你說要留在帝國的時候，我是這麼回答你的：『你還在作那種春秋大夢嗎！』看來過了一百年後，你才總算從夢中清醒了啊。」

呼——

從少女唇瓣吐出的氣息，融入了吹拂而過的風。

「克洛，企圖從帝國內部展開變革的你和詠梅倫根是錯誤的。」

「就結果而言是這樣沒錯。」

「是啊。所以別再妨礙我了。」

帝國無從被改變。

天帝詠梅倫根就算用上了一百年的時間，也是力有未逮。無法把深根於帝國人民心中對魔女與魔人的恐懼消除。

只要無法消弭這份恐懼，對於皇廳的迫害就沒有終止的一天。

所以——

「我要毀滅帝國。」

「**這麼做的必要性已經消失了。**」

時間停止了流動。

聽到男子（克洛斯威爾）像在呼應自己「消滅帝國」的宣言般交疊發出的話語，褐膚少女甚至忘了眨眼，就這麼在空中僵住了身子。

這句話並沒有打動她的心。

只是因為這樣的論調過於匪夷所思，才會讓她的思考能力一瞬間麻痺了。

「…………什麼？」

「我的話還沒說完，不如說剛好相反。我現在才要講正題。」

克洛斯威爾有了動作。

他的左手提著一把長刀——始祖僅僅瞥了一眼，就明白那把刀雖然與黑色星劍相似，卻不是那麼回事。

「是贗品啊。」

「是啊，我可是死纏爛打了一番，星之民才願意出手。畢竟星劍已經給了伊思卡啊。」

「…………」

伊思卡。

聽到這個名字，褐膚少女的眉頭皺了一下——而這沒有逃過克洛斯威爾的法眼。

「聽說妳和我的笨徒弟打過一場了?小道消息是這麼說的。」

「……你想說什麼？」

「妳應該嚇了一跳吧？」

「……什麼意思？」

「看在乾姊眼裡，那小子怎麼樣？」

「唔！」

飄浮在空中的少女睜大了雙眼。

有那麼一瞬間，她無意識地將視線投向虛空，似乎是想起了什麼——但她隨即回神過來，斂起嘴角。

「我記不得了。」

「是嗎？那個笨徒弟應該和其他的帝國士兵不一樣吧。比方說——」

「再給我睡上一覺吧，涅比利斯。」

「下次醒來的時候，這世界會變得更正經一點的。」

「那小子有把乾姊稱作魔女嗎？」

「————」

「那小子是為了什麼而和乾姊開戰？他有像其他帝國人或是帝國士兵那樣，憑著一股復仇的衝動挑起爭端嗎？」

「————」

「我想不是吧。而我將星劍託付給那小子的理由，妳這下應該也明白了。」

師父（克洛斯威爾）沒能改變帝國。

因為他必須隱藏自己是寄宿了星靈的魔人身分，無法在帝國境內大張旗鼓地進行活動。

能改變帝國的——

只有土生土長的帝國人而已。克洛斯威爾明白了這一點。

所以他需要繼承人。

「我和詠梅倫根沒辦法改變帝國。但那小子或許——」

「克洛————！」

大氣為之震盪。

褐膚少女撕心裂肺地發出的咆哮，化為無形的強烈衝擊波襲來。

「…………克洛……」

少女緊緊咬住臼齒。

「你該不會還想老調重彈吧……我都已經來到這裡了……你居然還打算叫我『停手』？這個帝國歷經百年還是一成不變，而你只是因為尋覓了微小的希望，就想當成要我收手的理由？」

「沒錯。」

「克洛————！」

始祖涅比利斯的右手掃過半空。

她揚起星靈之風。強風從旁側襲擊而來，將地面的車輛宛如樹葉般輕易吹開，化為一堵巨大的風牆襲向克洛斯威爾。

而黑鋼色的劍刃劈開了這道強風。

「————」

始祖維持著高舉手臂的姿勢，像被凍結似的停下了動作。

她並不為此驚訝。

因為她過去曾經歷過相同的狀況。

「這看起來不是虛有其表的贗品啊。」

「這確實是虛有其表，因為這缺乏星劍最重要的功能。」

克洛斯威爾面無表情地握著黑色的劍柄。

他僅以冷淡的口吻說道：

「這把劍無法擊敗星之災難，能幹掉那個的只有星劍。我接下來要說的這句話雖然對乾姊來說是天經地義，但還是讓我說一遍吧。」

他仰望天空。

仰望著浮在空中的乾姊姊。

「詠梅倫根說過，阻止這世上最為凶暴的姊姊，似乎是我這個弟弟應盡的義務啊。」

在帝國領地的盡頭——

過去曾為姊弟的兩人，再次激烈地發起衝突。

然而——

就連這兩人都不得而知的是——

操弄帝國和皇廳的幕後黑手——八大使徒，已經在此時此刻連同帝國議會一同消滅了。

此外——

無視帝國與皇廳的意願，真正的魔女正打算為這世界帶來平等而殘酷，且將皇廳的一切也捲入，一視同仁的「淨化」一事，兩人也是一無所知。

2

帝國，第八國境關卡（東北部）。

換作平時，應該能看到數十輛民間車輛在安檢處前方排隊的光景。

然而現在卻化為一片杳無人煙的空地。

——大魔女涅比利斯的襲擊。

在收到時隔百年復活的大魔女襲擊了第七國境關卡的消息後，在場的一般民眾早已進行了疏散。

「真不錯呢，這樣的判斷著實妥當。」

叩……叩……

伴隨著規律性響起的鞋跟著地聲，戴著假面的男子一派輕鬆地通過了國境關卡的哨站。

「要說這項指示的精妙之處，就在於疏散的方向是帝國境外，這可真是完美的解答。就在今天，帝國的領地想必都會化為一片火海吧，而這座國境關卡並沒有收容旅客讓他們逃入國境，而是讓他們撤往境外的中立都市，確實是聰明的判斷。」

警報隨之響起。

就在假面男子踏出哨站的瞬間，架設在哨站的警報器閃爍紅光，發出了巨大的聲響。

那是檢測星靈能量的大型機器。

即便噪音連連，假面男子仍是面不改色地走出哨站。

「拜此之賜，我們行動起來也方便多了。要是在與帝國軍交手的時候波及到無辜民眾，我也會很不好受呢。」

十餘名男女跟在他身後。

他們都穿著西裝，喬裝成一般民眾的模樣，但在他們邁步通過的過程中，檢測器仍然持續發出噪音。

而那陣警報聲——

在這時變得更為響亮，形成了震天價響。

「讓您久等了，叔父大人。」

只見一名戴著眼罩的少女踩著文靜的步伐走近。

她的年紀大約十三、四歲上下吧。

少女長長的黑髮散發著美麗的光澤，禮服則是光彩奪目。雖然雙眼被遮住，她小巧的鼻梁和嘴唇都端正得宛如人偶，給人可愛的印象。

警報聲再次加強。

光是少女一個人所散發出的星靈能量，就比假面男子和部下們的總量還來得強大——檢測器的劇烈聲響正是最好的佐證。

「我方才去吃了午餐。」

「琪辛，妳動作真快呢。腳步放慢一點也無妨喔。」

叔父大人——

聽到這聲呼喚，假面卿便轉身看向黑髮少女琪辛。

「反正我們得稍作休息，在和小夏諾蘿蒂會合之前，我們有的是空檔。要是沒有她幫我們帶路，我對這次的侵攻計畫可就沒把握了。」

「要在這裡……休息嗎？」

琪辛表現得略顯猶豫——這是很少出現在少女身上的反應。這句話明明是出自她最仰慕的假面卿之口，但少女似乎不願聽話。

「————」

「琪辛，怎麼啦？如果有什麼意見就儘管說吧。」

「那些聲音很刺耳。」

「哦，確實。就算將檢測器連同哨站消滅掉也無所謂喔……唔？但這真奇怪。」

假面卿手抵下顎，動腦思考了起來。

他面前的琪辛抬頭看過來，一副不明所以的模樣。

「警報聲都響成這樣了，按理來說，帝國士兵應當會聞風而至……難道就連這座國境關卡的士兵們也都撤得一乾二淨？」

帝國軍遲遲沒有現身。

如此響亮的警報聲已經持續了好一陣子，負責戒備的帝國士兵早該現身備戰，此時卻看不到任何一個帝國軍的身影。

「始祖大人正在襲擊隔壁的國境關卡。他們若是被調去支援，那固然是說得通……但他們真的會愚蠢到將所有的駐軍全數調離嗎？」

始祖正在襲擊第七國境關卡。

涅比利斯皇廳的刺客難保不會趁著這個機會，自其他的地點攻入——如此陳腔濫調的戰術，理當在帝國軍的預料之中。

「再怎麼說，這裡也是國境。換作是我，也至少會把一、兩個通訊兵留在這裡。好啦，不曉得帝國軍是不是在動歪腦筋呢？」

他朝著前方的安檢處走去。

十餘名部下和琪辛也跟在他的身後。

——警報聲依舊沒停。

警報發出了前所未聞的巨大聲響，持續告知著星靈部隊成群來襲的消息。

已經過了好幾十秒——甚至是好幾分鐘。

卻依然沒有帝國士兵現身的氣息。

為什麼？

他的疑問轉為疑惑，更進一步膨脹為猜疑——

「**那是人影嗎？**」

其中一名部下這麼低喃著。

在安檢處前方的廣場，交錯倒臥著無數的人影。隨著接近該處，那些人影的輪廓也逐漸變得清晰。

接著，假面卿便目擊了極其罕見的光景。

「……怎麼會？」

那些人影全是倒地的帝國士兵。

他們或者持槍、或者坐在車輛的駕駛座上，但每個人都靜止不動，也沒有睜開雙眼的跡象。

帝國軍在此地全軍覆沒。

這是怎麼一回事？

究竟發生了什麼狀況？

「……怎麼回事？」

就連琪辛都以困惑的口吻這麼問道。

他們已經做好了在此地和帝國軍交火的心理準備，但這百年來的死敵，卻不知為何在己方抵達之前，就已經被剿滅得一乾二淨。

而且還是位於帝國的國境線上。

「叔父大人，這是發生了什麼事？」

「琪辛，妳先在這裡待著。就我看來，他們應該不是裝作昏迷不醒，不過……」

假面卿獨自走向無數帝國士兵倒臥在地的廣場。

他仔細打量著眼前的情況。

要說哪裡奇怪，就是倒地的帝國士兵們身上沒有一處外傷。

那他們失去意識的原因為何？

「看起來也不像吸了毒氣之類的東西。那麼……」

叩！

他用鞋尖踢了倒地的帝國士兵腦袋。對方沒有反應，但胸口有微微的起伏，也聽得見微乎其微的呼吸聲。

「……還活著。這麼一來，他們就是睡著了……不對，是被人迷昏的？而且一時半刻沒有醒來的跡象。」

不對勁。

不，這已經超過「不對勁」的範疇，可以說是匪夷所思了。

儘管也存在著帶有催眠效果的星靈術……但帝國軍可是日以繼夜地針對這一類的星靈術做出了無數對策。

這樣的帝國軍會全軍覆沒？

所有人身上都看不出一絲外傷，他們全都緊閉雙眼沉沉睡去。

這是——

這是一幅多麼超現實的敗仗景象。

他從未見過如此**平穩靜謐**的覆滅光景。

「真有趣，難道有人搶在我等之前剿滅了帝國軍？但現場看起來沒有交戰的痕跡，所以這代表……」

他終究沒得出一個答案。

就連三王家之一的「月亮」當家代理——假面卿都對這場覆滅的手法感到一頭霧水。

這樣的事實讓他微微地感到不耐。

「過來吧，琪辛。看來就算接近也不會有事，但可別魯莽地碰觸他們喔。」

「好的，叔父大人。」

少女靜靜地邁步走近。

然而就在即將踏上廣場之前，她驀地停住了腳步。

「……」

「琪辛，怎麼了？」

「…………不要……」

「嗯？」

「————不、不要！唔————！」

她發出了不成聲的慘叫。

在假面卿和部下們的面前，黑髮少女突然全身痙攣、抱頭吶喊。

這一連串的大動作，讓遮住少女雙眼的眼罩掉落了。

——閃爍著紫色光芒的雙眼。

琪辛・佐亞・涅比利斯九世所擁有的最突出的特殊體質（禮物）。

那便是浮現在雙眼的星紋。

星靈使的星紋必定會浮現在自己的身體表面，但寄宿在雙眼——視覺器官的案例卻是僅此一例，除了琪辛以外再無他人。

她能以雙眼看見星靈能量。

與帝國製造的最新型星靈檢測器相比，琪辛也能以超過數萬——甚至數億倍的精確度看見星靈能量。

為此，琪辛才成了佐亞的殺手鐧，以在終將到來的「星靈使內戰」派上用場——

「……不要！不要……別過來！」

而這名少女正發出慘叫聲。

她看見了——

此時此刻，有個非比尋常的怪物正在接近此地。

「琪辛？冷靜一點，妳究竟看到了什——」

『哎呀，我才想說有些眼熟呢。』

嬌媚的嗓音響徹四周。

就在假面卿一行人的面前，一道道黑色的氣流從柏油路的裂縫中高高竄起。

黑色的星脈噴泉——

讓人忍不住這麼聯想的氣流在空中盤旋，幾經打轉後凝縮成看似人類的輪廓。

那是一個沒有眼睛和嘴巴，由黑色形成的怪物。

——怦通！

心臟被對方捏碎了——

假面卿閃過了這樣的錯覺，而冷汗也從他的額頭劇烈湧出。

「……什麼！」

他抱著琪辛，朝後方瞬間傳送。

他看一眼就明白了。

這名怪物既是擊潰帝國軍的元凶，也是琪辛所察覺到的怪物。

『————』

這個黑色的怪物——

先是筆直地打量著己方，隨即驀地看向身後。

怪物看向倒地不起的帝國軍。

『假面卿，您很在意帝國軍(他們)的狀況嗎？真是的，這群人實在是欠缺禮貌，他們將我喊成了怪物，還朝我開火，所以我就稍稍地懲罰了他們。』

「唔！」

過於驚愕的假面卿，不禁拔尖了嗓子。

這個怪物為何會知道自己的名字？

「……這可真是……」

假面卿讓依然顫抖不已的琪辛躲到自己的身後，並向前跨出一步。

他走到部下們面前。

要是代理當家（自己）露出畏縮的反應，可是會打擊到部下們的士氣。

「想不到這般奇形怪狀的生物也聽說過我的名字，這究竟是怎麼回事呢？」

『太過分了！』

像被這句話傷透了心似的——

怪物裝腔作勢地開口，還擺出以手貼頰的姿勢。

『假面卿，您居然忘了我嗎？我們明明在月之塔熱情如火地幽會過呀。』

「什麼？」

『開——玩笑的。』

怪物驀地恢復成原本的說話聲。

她宛如惡魔般的嘻笑聲響徹了四周。

『這副模樣會讓兩、三道聲音重疊在一起，對於人類的耳朵來說很難辨認吧？不過我還是挺難過呢，居然連假面卿都認不出我了。』

咻——

怪物用自己的指尖滑過碩大的胸部。假如是一名人類，那應該算得上相當豐滿且誘人的曲線吧——

而最讓人印象深刻的，還是怪物那妖豔的抑揚頓挫。

「…………」

就只有一個人——

浮現在假面卿的腦海之中。

「……妳是……小伊莉蒂雅？」

『能被您認出來，真是光榮之至。』

唰——

後方的部下們發出了驚呼聲，但這也是理所當然的反應。畢竟被稱為王宮第一——不對，甚至能說是皇廳第一的傾城美女，如今居然化為這黑霧般的怪物。

完全看不出原本的樣貌。

「是妳擺平了這些帝國軍？」

『那可真是極為愉快的體驗。』

自稱伊莉蒂雅的怪物攤開雙手。

『被稱為軍事實力世界第一的帝國軍，只是被我稍稍疼愛了一下，就無力地頹倒在地。他們這副模樣真是惹人憐愛呀。』

「……哦。」

聽到她的回答，假面卿修正了對她的印象。

這位露家的第一公主究竟經歷了什麼事，才會變得面目全非？她又對帝國軍使出了什麼樣的能力？這些可以暫擱一旁，因為釐清真相實在太花時間了。

此時最合適的行動是──

順水推舟地利用她。

她的力量輕而易舉地擊潰了帝國軍。除了始祖之外，若能再得到伊莉蒂雅的助力，恐怕只需一個晚上就能拿下帝都。

「不妨由我擔任護花使者吧？」

假面卿模仿著伊莉蒂雅的動作，同樣張開了雙臂。

「我等乃是星靈使的同伴，小伊莉蒂雅，妳就跟我們一起走吧。這可是和始祖大人一同摧毀帝國的大好機會啊。」

『是呀。帝國根本是無用之物，我會出手消滅它的。』

「太棒了。那麼——」

『皇廳也是比照辦理喔。』

嘻嘻——

假面卿沒能理解魔女輕笑的意圖，愣愣地站在原地。

「……妳剛才說了什麼？」

『無論是皇廳、始祖大人還是王家，我全——都不要。這些都是無用之物喔。』

「……小伊莉蒂雅，妳在胡說什麼呀？」

他的聲音變得沙啞。

在不知不覺間，假面卿的喉嚨已經乾涸得沒留下任何水分了。

「妳是涅比利斯皇廳的公主，是女王的愛女，是這樣沒錯吧？」

『我是魔女喲。』

「？」

『我一直很想當世界最後的魔女——真正的魔女，成為帝國和皇廳都無法阻止的存在。』

怪物再次將手放上自己的胸部。

『始祖和純血種什麼的都太無聊了。唯有被選上的星靈使才有資格掌權的王家，對於理想的國家來說毫無必要。所以我會消滅他們。我打算平等地消滅月亮、太陽和星星（休朵拉露），並且親手創立真正的樂園。』

「…………」

『假面卿，您大可感到開心。您想摧毀帝國的大願，即將在今天得以實現。所以請放心地倒下吧。』

「……哎呀，我有些聽不懂妳想說什麼呢。」

在假面底下。

假面卿的雙眼銳利如針。

「也就是這麼一回事吧。在我面前的並不是小伊莉蒂雅————只是個怪物而已。」

『您能適應得這麼快，真是幫了大忙呢。』

黑色怪物看似開心地以愉快的口吻說道：

『我就是再無情，也不太想對毫無抵抗的人類動手呢。所以還請您盡情地施展力量——施展王家之力、施展純血種之力。』

但話又說回來——

她短短地夾雜了這麼一句。

『這終究徒勞無功呢。』

鏗！

一把尖銳的匕首刺進馬路。

匕首穿透了化為黑色怪物的伊莉蒂雅的肉體，刺入她身後的地面。

「哦？」

『哎呀，假面卿可真是嚇人，居然冷不防地對人丟出刀子。』

伊莉蒂雅伸手撫摸自己的脖子。

那是匕首瞄準的部位。人類的脖子一旦被利刃刺中，便會血流不止，但是伊莉蒂雅並沒有被刺中。

刀刃穿透而過。

匕首像射穿了水或是空氣似的——而帝國軍的槍砲想必也是如此。

「妳的肉體究竟有什麼把戲，真是教人好奇。」

『我已經沒了肉體，現在的我，就像星靈能量的結晶呢。』

「……是星靈嗎！」

『**是比那還要可怕的東西**喔。』

真正的魔女伸出了手。

與此同時，假面卿和後方的部下們擺出了備戰姿勢。

——不能讓她拉近距離。

身姿轉化為怪物的伊莉蒂雅，目前的力量仍是未知數。

既然還不明白她是用何種手段擊潰帝國軍，那最佳的應對方案，便是趁著伊莉蒂雅尚未釋放力量之前將之消滅。

「……毋寧說，這是我等求之不得的藉口。」

「我等即將消滅的是怪物，而不是露家的公主！」

佐亞家的精銳部隊展開行動。

火焰、雷電、寒風、衝擊——

來自四面八方的星靈術瘋狂肆虐，並在轉瞬間吞沒了怪物。

無路可逃。

數十種星靈術產生了連鎖反應，相繼炸開。爆炸的餘波形成了龍捲風，在國境關卡肆虐。而下一刻，隨著「滋滋……」的聲音響起，壓縮過度的能量形成四散的光芒，而那便是星靈能量的結晶。

星靈術的威力之強，甚至形成了巨大的力場。

既然如此，位於力場中心處的任何物質，理應承受不住這樣的威力——

『啊啊，這是多麼美妙的音色。』

那甜美的嗓音帶著宛如隨口唱歌般的輕柔起伏。

路面被刨出巨大的坑洞，而在其中心處，有著人類外型的怪物正以陶醉的面容仰望著蒼穹。

她毫髮無傷。

『一出生就寄宿了強大星靈的你們，將這些力量層層交繞，形成合唱般的宏亮音色。這是我不具備的——無論再怎麼冀求都獲取不來的強大。真是讓人憧憬呢。只不過……』

——你們真的是一群傻瓜呢。

「唔！」

「……應該確實命中了才對！居然沒造成傷害？」

佐亞家的精銳們的臉孔都抽搐了起來。

沒有擊敗她。

別說帶給她痛楚，這怪物在承受了這麼多星靈術後，居然只覺得這是「悅耳的音色」。

『我說，佐亞家的各位呀。』

從缽狀的大坑深處——

怪物（伊莉蒂雅）沿著斜坡上行。她像是在享受著站在巨坑外緣的星靈部隊因恐懼而顫抖的模樣，一步一步緩緩向前。

『一出生就被強大的星靈眷顧，在懂事之前便受盡阿諛奉承、被視為寶藏——一生飛黃騰達的你們，想必會因自己是天選之人而沾沾自喜吧？我就是看你們這點不順眼。』

伊莉蒂雅・露・涅比利斯九世和他們不同。

她的星靈太弱了。

光是這一個缺點，就讓伊莉蒂雅成了天生的輸家。

——沒有成為女王的資格。

在王宮——甚至整個皇廳，都沒有任何人向伊莉蒂雅宣示忠誠。因為成為女王無望的她，沒有任何效忠的價值。

她一直是孤身一人。

『月亮、太陽和星星都一樣。每個人都覺得自己是為皇廳帶來榮耀的功臣，覺得自己捍衛著星靈使樂園的和平。不過，這樣的想法大錯特錯。』

始祖的血脈變得驕傲自大。

那個皇廳（國家）若坐實了「**所有**星靈使的樂園」的美名，那為何還會出現伊莉蒂雅這種被王家視為無用之物、被冷落在外的輸家？

——受到帝國的排斥。

——在皇廳則是被視為廢物受盡奚落。

弱小星靈使的歸處究竟座落於這世上的何方？

『既非帝國、亦非皇廳——真正只屬於星靈使的溫柔樂園，就由我親手創立吧。』

「就憑妳這身怪物的姿態？」

冷笑。

在佐亞家成員的最前方，假面卿用力握住黑髮少女的右手。

「人類會選擇共處的對象，一向只有人類。身為公主時的妳姑且不論，但現在的妳可吸引不到任何人呢。好啦，琪辛。」

「……嗚……！」

琪辛．佐亞．涅比利斯抬起臉龐。

她睜開寄宿了星紋的奇異雙瞳，瞪視站在前方的真正「魔女」。

「我……很怕、妳…………可是……」

『哎呀，琪辛小姐，妳已經成長到能為自己發聲了呀。和我們初識的時候相比，妳變得成熟多了呢。』

「別把魔女的耳語聽進去。妳的身旁有我陪伴。」

「是，叔父大人！」

純血種琪辛・佐亞・涅比利斯大喊了一聲。

她以王袍都隨之飛揚的力道張開雙手，仰望天空。

「怪物，消失吧——！」

空間登時產生擠壓，發出了「唰」的聲響。

憑空現形的，是覆蓋了國境關卡上空的大量黑色「荊棘」。

——棘之行進「森羅萬消」。

那是總數有數十萬之譜的星靈荊棘。

一旦全數灑落，想必整個國境關卡和相關設施都會遭到分解，最後消失無蹤吧。而大量的荊棘在此時散開，布陣包圍了伊莉蒂雅的前後左右。

接著，荊棘全數向下刺去。

『唔唔！』

黑色怪物發出了慘叫……

而在一瞬之後，就連這聲慘叫都被荊棘消滅殆盡，像從一開始就不存在任何物體似的。

「消、消失了？」

「……琪辛大人的荊棘消滅她了。」

部下們呆若木雞地站在原處。

在他們的面前，假面卿正溫柔地撫摸著少女的頭部。

「琪辛，做得好。想不到居然解決得如此乾淨利落。就算變成怪物的外觀，只要將之抹消，那倒也不足為懼。」

「…………是、是的……叔父大人。」

而琪辛則是猛喘著氣，一副筋疲力盡的模樣。

她使出了最快且最強的攻擊。

對手是能力不明的怪物。為了不讓她有防禦或迴避的空間，她一開始就使出了渾身解數。

「…………真、真的已經打敗她了嗎……」

「是啊，妳看，那醜陋的怪物已經不復存在……說起來，我原本也不想讓小伊莉蒂雅遭逢如此下場，但與其讓她維持怪物的姿態活下去，讓她就此長眠才是一種慈悲吧。」

部下們也輕聲地拍起了手。

這樣的掌聲究竟是為了慶祝琪辛的勝利，還是在哀悼化為怪物的公主？

「真是一場教人鬱悶的勝仗。好啦……」

假面卿舉起手。

停止拍手——部下們讀懂了他的意圖，紛紛停下動作，不過仍有人持續拍手發出掌聲。

「已經夠了。」

啪啪、啪啪。

「我說過該停了。是誰還在拍手？」

假面卿回頭看去。

但他並沒有看到哪個部下正在拍手。

「唔！」

在場沒有人拍手。

然而「啪啪」的拍手聲依然傳遍了整座廣場。

「……唔，難道！」

『琪辛小姐，妳真是過分。非常的痛呢。』

黑色的光芒自虛空中噴發而出。

宛如星脈噴泉般竄出的黑色氣流在空中盤旋，幾經打轉後凝縮成看似人類的輪廓。

「……怎麼可能。」

汗水滑過了假面卿的臉頰。就連在面對復活的始祖時，他沉穩的內心也沒有絲毫動搖，此時的他卻被前所未有的恐懼緩緩吞沒。

而黑髮少女的反應也一樣。

「……啊……嗚……騙……騙人……」

『啊啊，琪辛小姐，真對不起。我還不習慣被人用這種害怕的目光注視，這也讓我感到很過意不去呢。』

她的話聲帶著笑意。

明明嘴裡吐出的是道歉的話語，怪物的嗓音卻是雀躍無比。

『不過，魔女本來就是可怕的存在，所以我這副模樣才算是名副其實呢。』

伴隨著「啵」的一聲。

全身漆黑而通透的怪物，其喉嚨的部分發出了光芒。

那是——

伊莉蒂雅還是人類時，其「聲音」之星紋所在的位置。

『我的星靈是「聲音」，只能用來模仿他人的聲音。既無法運用於戰鬥，也無法作為政治方面的武器。它的力量**原本**只能拿來變點小把戲。』

怪物抬頭看向天空。

簡直像是登上舞台的歌劇歌手似的。

『在獲得了這股力量、變成了這般模樣後，我——和我的星靈終於有了脫胎換骨的機會。它將編織星之終結的歌曲，進化為星歌的星靈。』

「聲音」昇華為「歌聲」。

神星變異。

災難改變了伊莉蒂雅公主，甚至讓寄宿在她身上的星靈也產生變異。

『世界最後的魔女的咒文（歌聲）。』

真正的魔女輕聲低喃。

那是能改變世界的災難咒文。

——『就讓你們聆聽星之鎮魂曲吧。』

Chapter.3 「大敵」(Arch Enemy)

1

帝都，地下五千公尺處。

這裡是百年前被稱為「星之肚臍」的地下採礦場，現在則是帝國的首腦機關——帝國議會的所在之處。

從電梯跨出一步後，就能看到為數百名議員設席的莊嚴大廳。

而不只是伊思卡，來到此地的眾人都不是為了拜會議會成員——

但**那兒**變成了一個大洞。

天花板坍塌下來。

牆上開了一個像被火箭砲轟炸過的大洞，地板上則是無情地散落著八大使徒的螢幕碎片。

但其中最教人震驚的仍是——

「咿！」

在看到那個東西的瞬間，希絲蓓爾發出了拔尖的驚呼聲。

站在她身旁的米司蜜絲和音音都因為太過驚愕而倒抽了一口氣，就連後方的陣也訝異地瞇細雙眼。

「……喂，這是在開什麼玩笑。」

陣咂了一聲舌。

他抬頭看向正面的牆壁。除了散落一地的瓦礫之外，能看到幾乎看不出原貌的銀色機械兵癱倒在地。

「伊思卡，這個大塊頭是……」

「我認為是巨星兵。那和八大使徒（盧克雷宙斯）搭乘的機體是同一型。」

還有另一架巨星兵。

但這架巨星兵被破壞得看不出原樣。

是被掉落的天花板砸壞的嗎？

不對，那看起來不是被捲入坍塌意外，而是被人無情地摧毀殆盡。而讓人在意的還有一點。

「……在哪裡？」

伊思卡環顧著議場的大廳。

這裡的照明只有從電梯透出的少許光亮。希絲蓓爾抬頭看著在黑暗中凝目視物的自己（伊思卡），看似詫異地走了過來。

「伊思卡？你好像在找什麼東西？」

「八大使徒。」

「咦？」

「八大使徒的螢幕無一例外地碎裂在地上。巨星兵被破壞得如此澈底，再加上議場毀壞的程度，這恐怕是……」

冷汗滑過了他的臉頰。

不會吧。

腦中浮現的可能性僅有一種，但那是有可能成真的事嗎？

——八大使徒戰敗了。

他們曾在這座議會場和某人交戰。

巨星兵的存在證明了這一點。然而，要說有什麼樣的力量能將這架巨人摧毀得如此悽慘，自己一時之間還真想不出答案。

「……就連八大使徒都應付不來的對手嗎？」

輕聲地——

從璃灑的嘴裡迸出的獨白，迴盪在寧靜的大廳之中。

「他們還真是造了個棘手的怪物出來呢。照這個樣子來看，似乎早就完工了呢。欸，陛下，您打算怎麼辦？」

『就是為了做出決定，梅倫才會來現場蒐證。』

銀色獸人轉過身子。

他的視線鎖定著有著粉金色長髮的少女。

『過來吧，希絲蓓爾公主。得讓妳再忙一場了。』

2

帝國領地，第七國境關卡。

回想起來——

自己應該相信當時的直覺才對。

昨晚看到覆蓋夜空的烏雲時，她確實閃過了「有大難臨頭的預感」。

「愛麗絲大人，先遣隊傳來了報告。原本位於第七國境關卡上空的始祖，她的身影突然消失了……！」

「唔！好不容易追到這裡了！」

國境關卡。

在兩人已抵達即將望見哨所的距離時，駕駛座上的老隨從修鈸茲將通訊機貼在耳邊吶喊道：

「第七國境關卡似乎已經成了無人地帶。不只是一般民眾，就連帝國軍都早已撤離該處。愛麗絲大人有何打算？」

「繼續前進。」

愛麗絲從後座探出身子。

「始祖肯定是以帝都作為目的地。假如國境關卡沒人看守，對我們來說也是好事一樁。如此一來，我們便可以直接深入帝國了。」

「是。不過從此處前往帝都，仍需要超過整整一天的路程。」

「……本小姐自然明白。」

她握緊了擱在大腿上的雙手。

在接連搭乘過飛機和火車後，他們又是駕車在高速公路上一路狂飆，這才終於抵達帝國。而始祖現身的國境關卡明明已經近在眼前，卻又跟丟了對方的蹤跡。

……被她給溜了。

……要是能再早半個小時抵達，就能在這處國境關卡逮到她了。

但反省是之後的事。

「修鈸茲！立刻聯絡潛入帝都的諜報員，叫他們立刻離開帝都！一旦始祖現身，就連他們都會受到波及！」

「遵命，愛麗絲大人。但還請您稍待一會兒……」

「咦？」

「……唔嗯，我明白了。」

老隨從對著通訊機點了點頭。

「是剛剛的部隊傳來的報告。在這處第七關卡的後方，還有一座第八國境關卡，而他們目擊了佐亞家通過該處。」

「我知道，先前已派出其他部隊進行追蹤了對吧？」

「**那支部隊失聯了**。」

「咦？什麼意思？他們跟丟了佐亞家？」

「……不。」

駕駛座上的老者沉重地搖了搖頭。

「報告指出，我方派至第八國境關卡的部隊，從數分鐘前就沒有任何回應。如果只是通訊機故障就好了，不過……」

「被佐亞家發現了嗎？」

「在第七國境關卡消失的始祖，也可能移動到了第八國境關卡。她說不定是打算在抵達帝都之前，將國境防線全數摧毀殆盡。」

「——」

她閃過了不好的預感。

此時的愛麗絲憶起昨晚感受到的「壞兆頭」。

「修鈸茲，我們變更路線。第八國境關卡應該離這裡不遠，我們立即趕過去吧！」

「遵命。」

高速公路上的車輛向左切去。

他們前往的並非第七關卡，而是部下失聯的第八國境關卡。

而在那裡——

愛麗絲目擊到的，是一座無人的關卡。

「……咦！」

她懷疑起自己的眼睛。

沒有一般民眾這點還能理解，他們想必是害怕始祖的襲擊逃之夭夭了吧。

但帝國軍到哪去了？

鋼鐵製的柵欄門大大地敞開，沒有看守的帝國士兵。感應到星靈能量的警報聲持續大作，但

這就是此地唯一的聲音來源了。

「修鈸茲，你在這裡待命。通訊就交給你了。」

愛麗絲讓老隨從留在車上，一個箭步跳下車。

她獨自朝著第八國境關卡走去。

但奇怪的是，無論她向前走了多久，都看不見交火的蹤跡。

……佐亞家確實通過了這裡對吧？

……若是假面卿和琪辛在場，那和帝國軍打起來也在意料之中，只不過……

看不見爭鬥的痕跡。

帝國軍如果和佐亞家的精銳部隊交鋒，那地上應該可以看到大量的子彈，星靈術的痕跡也應

當四處遍布。

疑問和不對勁的感覺浮上心頭。

而這樣的情緒——

在她看到倒在地上的數十名犧牲者後，澈底爆發。

帝國軍與星靈部隊呈現全軍覆沒的狀態。

帝國士兵握著槍倒臥在地。

星靈部隊則是伸出手、作勢施放星靈術，卻維持著這樣的姿勢倒地不起。

無關乎身為帝國人或是皇廳人——

雙方被極為平等地——被極為殘忍地殲滅了。

「假面卿！」

在無數倒地的人們之中，有一名戴著假面的男子。

他便是佐亞家的代理當家。

「假面卿！請您醒醒，到底發生了什麼事……？」

他身上沒有外傷。

然而無論愛麗絲再怎麼呼喚他的名字，甚至拍打臉頰，他也沒有絲毫醒轉的跡象。

是陷入昏睡了嗎？

還是極度衰弱的症狀？

「……就連假面卿都變成這樣……騙人的吧…………」

眼前的光景只能用異常來形容。

帝國軍和星靈部隊都沒有任何一人受傷，所有人都像被深不見底的夢境吞噬了一般，就此全軍覆沒。

這不是始祖的手段。和她破壞一切的作風相比，這簡直是完全相反的——

『哎呀，我還在想是誰來了呢。』

惡寒猛地竄起——

明明周遭空無一物，身後卻傳來了說話聲。

愛麗絲感受著彷彿從衣領倒入冰塊的寒氣，宛如彈簧般轉過了身子。

而在她的眼前——

站著一個有著人類外型，肉體漆黑通透的怪物。

「咿！」

她的喉嚨縮緊，發出了不成聲的悲鳴。

什麼呀？這隻怪物是怎麼回事？

『這不是愛麗絲嗎？想不到連妳都來到帝國了呢。是來營救希絲蓓爾嗎？』

「…………………咦？」

『真過分。妳剛剛看到我的時候，發出了慘叫對吧？』

怪物以手掌貼著臉頰說道。

怪物的姿勢讓人聯想到優雅微笑的淑女，還主動向自己搭話。

這個怪物為何知道自己的名字？

此外，怪物的態度顯得格外親暱。那像是有兩、三個人同時開口的嗓音雖然有些模糊不清，講話的語氣卻能讓人聽出良好的修養。

那是——

那是讓人莫名懷念的聲音。

「…………騙人……的吧……」

仔細想想。

自己知道有一個人能引發類似的現象。

Chapter.3 「大敵」Arch Enemy

——魔女碧索沃茲。
這名休朵拉家的少女，似乎曾變化為非人之姿襲擊伊思卡。
而如今浮現在愛麗絲腦海中的人物是……
「……姊姊……大人……？」
『呵呵，猜得真準。』
怪物的外貌開始改變。
漆黑的肉體染上了顏色，轉化為有如女神下凡般的美麗女子——
帶有波浪捲的長髮，乃是混有美麗金色光芒的翡翠色。
她端正的容貌相當美麗，從黑色的婚紗底下，可以窺見豐滿到隨時會不慎走光的胸口。
「…………」
那是與自己血脈相連的姊姊。
面對怪物的真實身分，愛麗絲已經連話都說不出來了。她知道血色正從自己全身上下褪去，若是現場有一面全身鏡，鏡中自己的嘴唇肯定已變得鐵青。
而對於自己的反應——
「我說，愛麗絲。」
姊姊的目光卻是溫柔得令人感到毛骨悚然。

「我呀，覺得剛才發生的事實在太滑稽了。如果是我早就調頭逃跑了，但他們沒這麼做。」

姊姊轉頭看去。

她的眼前是倒地不起的帝國軍和星靈部隊。

假面卿也是其中一員。

「他們肯定早就知道自己打不過我。然而，他們實在太缺乏經驗了——無論是帝國軍還是星靈部隊，他們總是站在強勢的立場狩獵獵物，因此沒有體驗過逃跑的滋味。所以沒有任何人選擇逃跑。」

倒臥的軀體一路延伸到地平線的彼端。

被奪去意識、無法醒轉的人們癱倒在地。

「真是太無趣了。仰賴著配給的武器和與生俱來的星靈的人們，居然是如此不堪一擊。」

「……姊姊大人，是您對這些人下手的嗎？」

甜美的笑容——

姊姊神采飛揚地展露微笑。

「因為他們礙了我的事呀。」

「唔！」

光是這一句話——

就讓愛麗絲這十七年來所描繪的「名為姊姊之人」的形象崩碎殆盡。

站在眼前的是自己的姊姊。

但愛麗絲所認識的姊姊，其內心居住著一個名副其實的怪物。

「姊姊大人……」

愛麗絲以顫抖的雙唇拚命地擠出話語：

「……姊姊大人……您到底打算做什麼？您將王家的同伴視為礙事之人，不只是帝國軍，就連假面卿也被捲入其中……」

「我說，愛麗絲。」

出言回應的姊姊，她的眼神是那麼的溫柔。

「寄宿星靈之人，都被稱為星靈使。星靈使被帝國視為危險的存在，而對他們伸出援手的，則是涅比利斯皇廳。皇廳因而贏得了『所有星靈使的樂園』的美名。」

「……姊姊大人？您在說什麼？」

「**根本是漫天大謊**。」

姊姊的眼睛在笑。

那並非慈愛的笑容。

而是面對愚蠢至極之人所露出的冷笑。

「涅比利斯皇廳這個國家奉行的，是星靈至上主義。寄宿了強大星靈之人得以出世，而星靈弱小之人，則甚至沒有登台表現的機會。純粹對星靈使有特殊待遇這點來說，皇廳的風氣比帝國還要更來得糟糕呢。」

「……什麼？姊姊大人，您這是在胡說八道什麼！」

愛麗絲敞開鐵青的雙唇，拉開了嗓子喊道：

「皇、皇廳或許有這樣的一面沒錯，但之所以特別重視強大的星靈使，是基於國防的考量。若非如此，我們就無法與帝國相抗……」

「女王也是嗎？」

「女王當然也是一樣！假如沒有強大的星靈，便無法抵禦帝國的刺客！」

這種風氣的形成，有著極為正當的理由。

而這也是在超過百年的時間之中，女王聖別大典（Conclave）總是挑選強悍的公主登基的理由。

「女王大人（母親大人）也曾說過，女王的義務便是要讓國民安心。我不敢說這樣的理由就是一切，但星靈的強度確實是女王所必備的條件之一！」

「那是為了對抗帝國嗎？」

「沒錯！」

「那在打敗帝國之後呢？」

「……咦？」

「愛麗絲，妳的主張是正確的。至少在『打敗帝國之前』確實是義正辭嚴。」

姊姊的視線投向了自己。

「那在成功打垮帝國之後呢？像我這樣的弱小星靈使，有機會迎來被一視同仁的日子嗎？」

「……這、這個……」

「**不可能呢**。」

姊姊的唇裡迸出了嘆息。

那像對這世間的一切感到絕望似的，蘊含著深不見底的灰心。

「我說得沒錯吧？要是真能打敗帝國，那首居其功的，便是強大的星靈使對吧？既然如此，下一個到來的時代，豈不是會更加崇尚強大的星靈使？弱小的星靈使將會更難在這世上自處。」

「……唔。」

「聽懂了嗎？即便打敗帝國的心願得以實現，也只會讓涅比利斯皇廳的星靈至上主義變得更加極端。與生俱來的強大星靈成了話事的本錢、成了打敗帝國的關鍵，而強大的女王受到眾人擁戴。根本不會有任何改變。」

「……可、可是，姊姊大人……！」

「所以我決定了。」

姊姊將手放在自己豐滿的胸部上。

「我要將帝國和皇廳一併毀掉。」

聽到這句話。

愛麗絲這下真的說不出話來了。

「……姊姊大人。」

「像我這樣的弱小星靈使，在這世上俯拾皆是。我要創造能真正接納他們的樂園。愛麗絲，像妳這樣的強者，沒辦法實現這種理念……不對……妳更像絆腳石呢。姊姊我甚至想讓妳就此消失呢。」

「嗚！」

「要不要讓妳步上假面卿的後塵呢？」

愛麗絲的反應慢了一拍。

姊姊那沉穩的笑容——

早已轉化為捕食者瞧見獵物時的笑容。而就算要對自己動手，她的姊姊想必也毫不猶豫吧。

就在愛麗絲連忙想擺出戰鬥姿勢的時候——

「不過——我就放妳一馬吧。」

那句話來得極為突然。

姊姊驀地對自己聳了聳肩。

「因為妳是我可愛的妹妹呀。」

「……咦？」

「可以的話，我想用輕摘野花的心態和妳玩玩。可是妳很強大，要是胡亂抵抗，我可是會很頭痛的。因為我還不太會調節自己的力量，一不小心就會把妳玩壞呢。」

「——姊姊大人！」

這一瞬間，遍布她全身的恐懼消失了。

自己被小看了。

這種極為純粹的侮辱，讓她全身的血液為之沸騰。

「請您收斂一點！姊姊大人，您若是打算一直擺出這種不友善的態度，那本小姐也不會善罷干休！」

「愛麗絲，我問妳喲。」

就在愛麗絲嘶啞著嗓子吶喊的同時——

姊姊只是語氣平淡地開口：

「妳的身邊可有守護在側的騎士？」

「？」

「一個人能辦到的事情有限。妳看，現在也是如此。」

姊姊朝著自己一指。

對準了孤伶伶地站在此地的自己（愛麗絲）。

「妳總是孤軍奮戰，而且戰無不勝。但在此刻，妳面對的卻是遠比自己強大許多的存在。」

「……若不試試，鹿死誰手還很難說呢！」

「**我不是那個意思**。」

姊姊搖了搖頭。

「這是一段關於魔女和騎士的故事。」

「……您說什麼？」

愛麗絲感到一頭霧水。

姊姊究竟在說什麼？

騎士？這種老掉牙的概念又怎麼了？

現在是軍人、私有軍隊和護衛官當道的時代，聽到姊姊從口中說出這個古板的詞彙，讓愛麗絲不禁感到一絲古怪。

這是打算用話語引誘我分心嗎？

姊姊的話語便是如此突兀，甚至讓愛麗絲為之警戒。

然而——

「呵呵，對現在的妳來說還太早了嗎？這畢竟是成熟大人的話題。」

姊姊顯得興致高昂。

她毫不掩飾興奮之情，看似害臊地用手按住了變得通紅的臉頰。

「那對我來說是必要的存在，因為我是這麼地弱小呀。」

「……？」

「因為魔女是孱弱的生物，倘若沒有挺身守護的騎士，就沒辦法戰鬥呢。沒錯，無論時代如何演變，『騎士』一直都是守護公主的象徵呢。」

「……姊姊大人？」

「愛麗絲，所謂的星靈呢，其實沒有妳想像得那麼無所不能喔。眼下就是一個例子，妳的星靈對我感到過於害怕，甚至沒有展開自動防衛呢。所以——」

「咦？」

「約海姆，要手下留情喲。」

來者無聲無息。

就在愛麗絲終於察覺到悄然而至的人影，連忙要轉身應對的瞬間。

——砰。

側腹傳來一陣劇痛。

劍柄戳中了自己的側腹——在察覺到這一事實的當下，強烈的痛楚和衝擊已遍及內臟，瞬間阻斷了愛麗絲的意識，讓她癱倒在地。

「嗚……嘎……啊……？」

過於強烈的痛楚甚至讓她無法呼吸。

劇烈的反胃和暈眩，讓她無法好好抬起臉龐，只能維持跪倒在地的姿勢。

「……………是……是、誰…………唔！」

她睜大了雙眼。

跪地乾咳的自己睜著矇矓的視野，在抬頭後所看見的是——

握著一把巨劍的紅髮帝國士兵。

使徒聖第一席，「瞬」之騎士約海姆。

不會認錯的。

他便是襲擊女王宮，砍傷了女王——砍傷母親的極惡之人。

他雖然也砍傷了伊莉蒂雅，但愛麗絲知道那是姊姊自導自演的一椿戲碼。

……沒錯，本小姐想起來了。

……當時暗中接應帝國軍的，就是姊姊大人和你。

在那次的入侵行動後，皇廳的局勢為之一變。

被這名男子所傷的女王不得不靜養療傷，而女王的凝聚力也因而大打折扣，這讓三王家的分崩離析成了定局。

難以饒恕。

若是沒有這個男人，事態也不會走到這一步。

「嗚……咕…………！」

「妳看，魔女果然很脆弱吧？」

姊姊微微露出了苦笑。

而她隨即背過身子，朝著約海姆的身側走去。

「這就是我們的不同——我的身旁有騎士。愛麗絲，妳的身旁可有**能與妳並肩作戰的騎士**存在？」

「……嗚！」

「不存在呢。因為妳太過強大，而且總是孤軍奮戰。所以妳的身旁沒有騎士，而這就是妳贏不了我的理由。」

「……………姊姊……大人……嗚！」

「然後呀，我的想法變了。因為妳痛苦的模樣實在過於不忍卒睹。」

魔女的臉頰泛起了紅暈。

「愛麗絲，妳還是在這裡消失吧。」

3

地下五千公尺處。

就在約一個小時之前，帝國議會還存在於此，而如今在這處空洞之中——

「再見了，在古老時代犯下了重罪的人們。」

「這裡是你們挖掘出來的『星之肚臍』，以及象徵權勢的帝國議會。能與之一同消滅，想必也是得償所願吧？」

瓦礫傾注而下。

八大使徒所附身的大量螢幕，就這麼被捲入帝國議會的坍塌中，澈底遭到消滅。

而在重播完這段影像後。

「呼……嗚……啊…………你、你到底要本宮的星靈吃多少苦才肯罷休呀！本宮已經撐不住了！」

希絲蓓爾無力地坐倒在地。

與此同時，原本在她胸口閃爍光芒的「燈」之星紋也逐漸黯淡。

「用本宮的『燈』進行長時間的重播……呼……呼……就和憋住呼吸差不多，本宮是真的有極限的！」

她拚命地調整紊亂的呼吸。

在伊思卡等人的守望下，皇廳的第三公主驀地露出了嚴肅的神情。

「……伊莉蒂雅姊姊大人……」

她的聲音細若蚊鳴。

其中充斥著難以承受的傷悲，以及依然難以接受現實的愕然，呈現出渾濁的音色。

魔女伊莉蒂雅。

在以燈重播的影像之中——

看到美如女神的公主變化為怪物的瞬間，就連伊思卡也壓抑不住內心的動搖。而對於血脈相連的妹妹希絲蓓爾來說，受到的衝擊自然是不言而喻。

「之前也看過啊。」

陣低聲說道：

「記得是休朵拉家的碧索沃茲來著？那傢伙也是變成了不像人的模樣發起襲擊對吧？這女人也是同類嗎？」

「哦，陣陣，這種一概而論的思維很危險喔。」

「……什麼？」

「將她們當成同類是對的——因為是在八大使徒的授意下，透過瘋狂科學家的實驗，才會讓她們產生那樣的變化。然而，伊莉蒂雅是唯一一個不容於世的存在。」

璃灑推了一下眼鏡的鼻梁架。

在鏡片底下，那對聰穎的雙眼露出了如針般銳利的眼神。

「就連八大使徒都無法控制她。那麼陛下，接下來該怎麼做呢？若想控制住那玩意兒，可是相當棘手喔？」

『……真是的，八大使徒啊，梅倫打從心底憎恨你們。』

銀色獸人無奈地嘆了口氣。

『在打造出連自己都無法駕馭的怪物之後，就這麼離開了舞台啊。真沒辦法……趁她**進化完畢之前**展開追蹤吧。如此這般，黑鋼後繼呀。』

「唔！」

他看到了天帝的側臉。

在察覺天帝的視線凝視著星劍後，伊思卡不禁倒抽了一口氣。

「……要我阻止她嗎？」

『那玩意兒已經不是「她」也不是「公主」了，若是置之不理，帝國和皇廳都會被那玩意兒一手毀滅。畢竟那就是會進化到那種次元的怪物呀。』

「等、等一下！」

癱坐在地的希絲蓓爾喊道。

她握著燐的手，搖搖晃晃地站起身子。

「……你們是要去阻止姊姊大人對吧？」

『那玩意兒已經不是妳的姊姊，而是即將毀滅世界的魔女。』

「是本宮的姊姊呀！」

希絲蓓爾瞪著天帝，咬緊了嘴唇。

「……即便她變得面目全非，也還是本宮的姊姊。請讓本宮和她談談。」

『談談？梅倫覺得那只會帶來難受的結果喔。』

「就算是這樣，本宮也要去！」

『可以喔。』

「……咦？本宮真的可以去嗎？」

『梅倫不覺得那個魔女會有思情念舊的可能性，但就算只有百分之零點零一的成功率，還是該試試和平解決的手段。不過，談判若是以失敗告終，那會為此感到痛苦的不是梅倫，而是希絲蓓爾公主妳喔。做好心理準備吧。』

啪——

天帝詠梅倫根打了個響指。

『星之防衛機構——「噬菌體」。』

一片空白。

從空中出現有如塗滿白色油漆的牆壁，這片牆壁緩緩扭動，將伊思卡等人緩緩包覆起來。

「咿啊！」

「這、這什麼噁心的怪東西？這牆壁會動！」

音音整個人彈跳起來，米司蜜絲隊長也是臉色鐵青。

而身後的燐則大喊著：「危險！」抱住了希絲蓓爾。至於天帝詠梅倫根則是側眼看著三人相異的反應——

『一百年前，附身在梅倫身上的星靈，是負責星球防禦機構的傢伙。以人類的概念來說，就是像白血球一類的免疫系統。這傢伙最麻煩的地方，在於它只聽從以**守護星球為目的**所下達的指令。』

天帝像指揮家一般舞動手指。

『星靈們，都聽見了嗎？去追蹤那個魔女交戰後留下的餘香，也把梅倫們載過去。』

——*Is io miel*（如您所願）——

不知是男是女——

也不知是長是幼——

就各方面來說顯得中性的嗓音，從包圍著伊思卡等人的牆壁發了出來，而眾人的視野突然重重地一斜。

意識像被突然萌生的睡意侵襲，彷彿隨時都會不省人事——

第八國境關卡。

在有所察覺之際。

映入眼簾的，變成了被鐵絲網包圍的關卡腹地。

「這裡難道是國境嗎？既然本宮們被傳送到這裡，就代表伊莉蒂雅姊姊大人也在場……！」

「居然在一瞬間就飛到了距離帝都好幾百公里的國境啊，還真是驚人的力量。」

希絲蓓爾環顧四周，而一旁的燐則是以傻眼的口吻開口。

不過，燐隨即斂起臉上的表情。

——警報聲。

她以為自己觸動了設置於關卡的星靈檢測器，連忙擺出了戰鬥姿勢——

「這是怎麼回事？」

燐訝異地瞇細雙眼。

「警報聲都響了這麼久，為什麼連一個帝國士兵都沒看見？解釋一下啊，帝國劍士？」

「……我也不曉得，但這的確不太尋常。」

四下無人。

不只是一般民眾，就連一個帝國士兵都看不到。然而關卡的哨站卻是大門敞開，怎麼看都不像帝國的防衛據點。

「米司蜜絲隊長，我們去腹地看看…………唔！」

關卡的廣場。

在隱約看到位於遠處的「人影」後，伊思卡不禁倒抽一口氣。

「燐，希絲蓓爾就麻煩妳了。妳們在這裡別動！」

「什麼？喂……喂，帝國劍士？」

伊思卡朝著廣場跑去。

聚集在該處的無數「人影」逐漸變得清晰，而跑在身後的米司蜜絲隊長也不禁倒抽一口氣。

「……怎麼會？」

那是倒在地上的數十名人類，而且帝國軍和星靈部隊都在其中。

帝國士兵握著槍枝倒地不起。

星靈部隊則是伸手作勢發動星靈術，卻就這麼癱倒在地。

不分帝國和皇廳。

所有人都被一視同仁地殲滅了。而在這些倒地的人們之中——

「有個熟面孔在裡面啊。」

陣快步前行。

他以鞋尖點了一下男子臉上的假面，發出「叩」的一聲輕響。

假面卿。

強如佐亞家的純血種都倒地不起，讓陣以詫異的口吻說道：

「既然這傢伙也在，就代表倒成一片的傢伙都是佐亞家的星靈部隊吧？他們是在這裡和帝國軍同歸於盡了……嗎？」

「可、可是陣哥，這裡沒有打鬥的痕跡呀！」

音音戰戰兢兢地朝著其中一名星靈部隊的成員走近。

有些人俯臥在地，也有些人呈現仰躺的姿勢，但所有人身上都沒有外傷。他們若是在和帝國軍交火的過程中倒地，那身上應該會有槍傷才對。換句話說——

「他們沒有發生戰鬥？」

伊思卡雖然這麼喃喃自語，但他自己也不敢為眼前的狀況掛保證。

……我們追著伊莉蒂雅來到這裡。

……難道說，這場不分陣營的殲滅戰是出自伊莉蒂雅之手嗎！

消滅了八大使徒。

隨即又出手擊潰了帝國軍和星靈部隊。她究竟有何目的——

「阿伊！」

米司蜜絲大吼道。

隊長舉起了手槍。伊思卡循著她的視線看去，只見一名年幼的黑髮少女正緩緩走近。而伊思卡確實對這名少女的長相有印象。

「琪辛？」

「————」

黑髮少女褪去了眼罩，踩著虛浮的步伐緩緩接近。

「散開！隊長和音音都快退開……陣！」

「我知道。」

伊思卡握緊星劍，而陣則是舉起了狙擊槍做好瞄準。

少女卻毫無反應。

這是為何？

與在謬多爾峽谷交手時不同，她沒有展開撲天蓋地的荊棘，只是踩著搖搖晃晃的腳步，顫顫巍巍地朝著眾人走近——

「……叔父大人……」

她的雙膝驀地一軟。

琪辛像要覆蓋住失去意識的假面卿似的，在他的面前蹲下身子。

沒錯。

她的眼裡完全沒有敵人（伊思卡）的存在。

「……不行……叔父大人……請睜開眼睛！…………求求您……對不起對不起！都是我……是我太弱了！」

黑髮少女抱住了倒地的男子。

「因為我太弱了……**叔父大人才會為我擋下攻擊**……您明明能順利脫身的！對不起……對不起，叔父大人！」

少女嚎啕大哭。

明明眼前就站著手持武器的帝國士兵，少女卻連要展開荊棘一事都拋諸腦後，只顧著抱著至親放聲哭喊。

「嘖。」

陣咂了一聲舌，垂下槍口。

「隊長（老大）也把槍撤了。這傢伙沒把我們當一回事，與其動手造成不必要的刺激，不如先置之不理。晚點再把她上綁帶走。」

「嗯、嗯。人家也覺得這樣——」

「姊姊大人！」

「愛麗絲大人！」

兩道慘叫聲交疊在一起。

就在這時，希絲蓓爾和燐的叫聲一前一後地響起。

兩人朝著與假面卿有一段距離的方向跑去。而在她們的路徑前方，有著一名倒地不起的少女

——她豐沛的金髮此時顯得相當紊亂。

——愛麗絲！

怦通——伊思卡感受到自己心跳加速。

理應待在皇廳的愛麗絲，為何會出現在帝國的國境？但這些問題可以晚點再來處理。

「怎麼會？」

伊思卡反射性地看向燐和希絲蓓爾向前跑去的背影。

他的背上靜靜地滲出了大量冷汗。

倒在廣場的帝國士兵和星靈部隊，都因不明的原因陷入昏睡狀態。

而愛麗絲也同樣倒臥在地——這讓伊思卡不禁認為她也中了相同的症狀。

……這……不會吧？

……連愛麗絲也輸了嗎！

「姊姊大人！姊姊大人，快醒來！」

「愛麗絲大人，請您醒醒，愛麗絲大人！」

希絲蓓爾吶喊著，燐則是拚命搖晃她的肩膀。

也不曉得這樣的狀況持續上演了多久。

兩人持續忘我地呼喚少女的名字——而在她們的面前，少女的嘴唇微微地動了。

「……唔……嗚……」

「姊姊大人！燐，姊姊大人剛剛開口了！」

「是的！愛麗絲大人，您沒事嗎！」

「…………唔……咳……咳咳…………！」

金髮公主用力地咳了幾下。

她先是猛喘了幾口氣，柔亮的睫毛和眼皮這才緩緩地向上掀開。

「…………燐……希絲……蓓爾……？」

愛麗絲睜開了雙眼。

與倒在周遭的帝國士兵和星靈部隊不同，似乎只有愛麗絲是暫時失去意識。

「愛麗絲大人！」

感動不已的燐一把抱住自己的主子。

「小的很擔心您。還好您平安無事……究竟發生了什麼事！」

「那是——唔！」

愛麗絲正要開口，雙眼卻驀地瞪大。

她理解了現況。

這裡是帝國的國境關卡，而站在燐和希絲蓓爾後方的是——

……伊思卡？

愛麗絲的嘴唇微動。

少女沒有喊出聲，但伊思卡確實看到她的嘴形唸出了自己的名字。

「……我們也是剛剛抵達。」

他站在不算太近的位置。

伊思卡保持著一介帝國士兵該有的距離，對坐倒在地的公主開口。

只是對話倒還不成問題。

經歷了去露家的別墅作客，以及營救希絲蓓爾的作戰之後——至少對九〇七部隊來說，自己和愛麗絲就算小聊幾句，也不會顯得太過突兀。

「這裡到底發生什麼事了？不只是帝國軍，我們在來的路上也看到了好幾十名星靈部隊昏倒在地。假面卿也是……妳應該知情吧？」

「————」

在燐和希絲蓓爾的守望下，愛麗絲無言地咬住下唇。

她的眼裡滿是悲愴之情。

即使如此，她也沒有展露出會讓伊思卡感到錯愕的怯弱模樣。

『是伊莉蒂雅吧？』

非人的說話聲。

看到從後方現身的銀色獸人，讓愛麗絲發出了不成聲的悲鳴，同時縮起身子。

『哦，涅比利斯的公主，這還真是傷人的反應。在妳眼前的可是帝國的首腦啊。』

「……你就是……天帝！」

『無須吃驚。因為妳應該已經見到了比梅倫更醜陋的存在——妳看到自己的姊姊化為怪物的模樣了，對吧？』

天帝緩緩走近。

他凝視夾在燐和希絲蓓爾之間的愛麗絲，像在窺探似的打量她。

『哦——？』

天帝詠梅倫根瞇細了雙眼。

他以有些懷念的語氣說道：

『和初代女王（愛麗絲蘿茲）很像呢，簡直是同個模子刻出來的。』

「……咦？」

『也罷。來吧，希絲蓓爾公主，這次是第三度讓妳出馬了。』

「還、還沒完呀？」

希絲蓓爾伸手掩住了自己的胸口。

「本宮已經累垮了！早就超過一天能發動的極限了！」

『梅倫晚點會招待妳去帝國首屈一指的蛋糕店。』

「本宮心領了！啊……不是，本宮並不討厭蛋糕店，但太過勉強燈之星靈會產生後遺症，那會讓星靈有好幾天無法正常運作呀！」

『妳應該也很在意吧？』

天帝攤開雙手說道。

他環視著帝國士兵和星靈部隊雙雙覆滅的廣場。

『這裡究竟發生了什麼事？雖然十之八九是伊莉蒂雅失控的產物，但還是有必要調查那個怪物擁有什麼樣的力量呢。』

「……這真的是最後一次了喔。」

希絲蓓爾按住自己的胸口，重重地嘆了口氣。

「那麼——」

「——住手！」

那是撕心裂肺的慘叫。

黑髮少女抱著倒地不起的假面卿，突然睜大了雙眼。

她面無血色，鐵青著臉。

她的那聲叫喊，並不是要希絲蓓爾住手。

少女恐懼的是——

「**要來了**」。

虛空中噴出了黑色的氣流。

「說人家失控也太沒禮貌。那完全是出自我的意志喲。」

氣流在空中形成漩渦、逐漸凝縮。
並凝聚成人類的外觀。
氣流形成前凸後翹的女性輪廓，最後化為宛如女神下凡般的美麗女子。
「…………姊姊……大人……？」
「好久不見了，希絲蓓爾。妳看起來很有活力，真是太好了呢。」
長女露出了一個水潤的微笑。
她看向顫抖著嗓子、勉強擠出話語的三女。
「我聽說妳被休朵拉家抓走，讓我很是擔心呢。沒被他們欺負吧？」
「…………」
「怎麼了，為什麼鐵青著一張臉呢？如果不舒服，要和姊姊說喔？啊，我懂啦，因為這裡是帝國的關係，所以妳靜不下心對吧？」
「——請不要把本宮當成傻瓜！」
希絲蓓爾露出牙齒，怒聲吼道：
「姊姊大人，您太小看您的妹妹了……本宮已經知道了一切。姊姊大人便是這一切的幕後黑手，而帝國軍襲擊王宮的事件，也是姊姊大人在背後穿針引線。至於本宮會被休朵拉家襲擊，也是出自姊姊大人的手筆！」

「…………」

「就連這片狼籍也是姊姊大人做出的好事吧！」

希絲蓓爾顫抖著——

她指向長女的手指正微微打顫。

「姊姊大人！本宮完全不懂您在想些什麼！您為什麼要這麼做……不僅和帝國作對，甚至與皇廳為敵呢！」

「因為他們很礙事呀。」

「……………咦？」

「我沒打算坦承一切，畢竟我才剛和假面卿說過呢……啊，但假面卿已經變成了沒辦法開口的狀態呢。」

「……姊姊大人。」

希絲蓓爾說不出話來。

她的嘴唇微微顫抖，身子向後退去。

她發現了——眼前的姊姊不再是自己所認識的那個姊姊。

『涅比利斯皇廳第一公主伊莉蒂雅。』

Chapter.3 「大敵」(Arch Enemy)

銀色獸人向前邁步。

『妳看起來被侵蝕得很嚴重啊。變成怪物的感覺如何？』

「哎呀，天帝陛下，初次見面。」

伊莉蒂雅恭敬地行了一禮。

她像在舞會上面對舞伴那般，拎起了裙角行禮。

「八大使徒已經消失了。」

『梅倫知道。』

「無論是帝國軍還是星靈部隊，大家都睡得相當香甜呢。」

『一看就知道了。』

「所、以、說……」

伊莉蒂雅以指尖拂過自己的唇瓣，吊起了豔麗的嘴角。

看起來樂在其中。

「只要再讓在場的各位消失，就沒有人會來礙事了對吧？」

「……唔！」

伊思卡幾乎是反射性地拔出一對星劍。

陣、米司蜜絲隊長和音音也舉起槍械。

讓你們消失——

他們透過「燈」看見了八大使徒和伊莉蒂雅的戰鬥，所以相當明白——這不是虛張聲勢或是在開玩笑，眼前的魔女是真的具備一語成讖的危險力量。

「天帝陛下，您要是消失，我的樂園就近在咫尺了呢。」

『嗯——這可難說呢。』

詠梅倫根歪起了脖子。

他先探頭探腦地環顧周遭，這才再次看向眼前的伊莉蒂雅。

『你來得太晚啦，克洛。』

「唔！」

伊莉蒂雅反射性地轉過身子。

黑光一閃。

朝著伊莉蒂雅上半身直劈而去的閃光，被她在千鈞一髮之際避開。

「哎呀，真是過分。居然從背後對柔弱的淑女發起襲擊。」

伊莉蒂雅向後一跳。

她的左肩被砍出一道巨大的傷口……被砍斷的部位卻沒有流出一滴鮮血。

「哎呀，您該不會是黑鋼劍奴克洛斯威爾？」

「——————」

男子身著黑色大衣，手上握著一把出鞘的黑刀。

他對伊莉蒂雅的話語毫無反應，只是緩緩地朝著伊思卡看過來。

「伊思卡，就和你看到的一樣。」

「師父！」

「這個女人已經不是人類了，甚至稱不上是星靈使。」

黑霧瀰漫。

從伊莉蒂雅肩上的傷口噴出的不是紅色的血液，而是黑色的霧氣。

此外——

被砍開的傷口也逐漸收攏、癒合。這樣的光景實在太過光怪陸離，就連愛麗絲和希絲蓓爾這對姊妹也忍不住別開了目光。

「她的體內是一片黑暗，勉強還算得上人類的部分，就只有那張臉皮吧。」

「真是的，這位男士的措辭可真過分。但您說得沒錯，所以我也不多加否定了。」

伊莉蒂雅的笑容依舊不帶一絲渾濁。

就算被稱為怪物，她也表現得像是欣然接受。

然而——

「……唔。」

就在下一瞬間，她的笑容僵住了。

一直面不改色地眺望著伊思卡等人的伊莉蒂雅，在這時驀地睜大雙眼，將視線投向上空——

在深邃的蒼穹之中。

有一名褐膚的少女讓淡金色的頭髮隨風飛揚。

始祖涅比利斯。

「始祖大人！」

「始祖！」

『哎呀，好久不見。』

有人發出驚呼，有人語帶警戒，也有人無奈地嘆了口氣仰望上空。

與此同時。

「……我感受到星靈在躁動，所以過來一探究竟。」

褐膚少女並沒有看向這些成員。

少女露出冷酷的眼神向下俯視，她注視的對象（東西）唯有一人——那便是肩膀傷口持續噴出黑霧的伊莉蒂雅。

「**就是妳嗎**？」

她打從一開始就沒有尋求答案的意思。

始祖伸出手指，朝著下方的伊莉蒂雅一指。

——「天之震雷」。

雷擊乍現。

閃過了一道強光——就在所有人萌生這個念頭的瞬間，巨大的雷光便吞沒了伊莉蒂雅全身，在柏油路面上開出一個大洞。

「我原本打算毀滅帝國的，看來要變更一下順序了。妳是汙穢星球之敵，給我消失吧。」

「……啊啊，真可惜。」

黑色氣流在空中盤旋。

被始祖釋放的雷擊劈得灰飛煙滅的伊莉蒂雅，在凝聚氣流後再次構築起原本的身軀。

「要是能在這裡解決掉天帝就輕鬆多了。但這裡不僅有始祖、有純血種，甚至還有繼承了星劍的使徒聖，這樣下去可吃不消呢。」

她動作誇張地嘆了口氣。

「如此這般，請容我改日再訪。」

伊莉蒂雅的肉體被強光包覆。

她的身體就像星靈般，眼看即將就地消失……任誰都會這麼想吧，連伊莉蒂雅也不例外。

——滋。

隨著一道小小的火花迸現，包覆伊莉蒂雅的強光也隨之散去。

「咦？」

第一公主睜大雙眼。

「難道是干涉了我的傳送……！」

「以為自己逃得掉嗎？」

始祖涅比利斯露出冰冷的目光。

「我把洞堵上了。」

「……真厲害。我記得始祖大人的星靈是能干涉時空的種類吧，被您先發制人了呢。」

伊莉蒂雅露出苦笑。

她不再像先前那般從容，落入下風的她，明顯在虛張聲勢。

「礙眼的東西。消失吧，小丫頭。」

「啊啊，怎麼會。我居然被逼上絕路。」

魔女單膝跪地。

她像在對地底說話似的，以雙手輕柔地撫摸大地。

——所以快來幫我吧。「*La Selah Milah Uls*（拉・賽拉・米拉・烏魯斯）」。

轟聲隆隆。

傳來了宛如大地要掀翻的地鳴聲，強風也驀地四下吹拂。

「怎、怎麼回事！為什麼搖晃得這麼厲害！」

「愛麗絲大人、希絲蓓爾大人，請儘快藏身！這道強風很不對勁！」

燐施放了星靈術。

她讓腳下的土塊隆起形成巨人像，站在愛麗絲和希絲蓓爾的身前充作盾牌。

然而——

在場最需要幫助的人，並不是愛麗絲，也不是希絲蓓爾。

「…………原來……如此……」

虛弱的呻吟聲。

伊思卡回頭一看，便看到師父屈膝跪地的身影。而在他的身後——

『……嗚……啊…………』

「陛下！」

銀色獸人被抱在璃瀝的懷裡。

素來表現得十分隨性的天帝詠梅倫根，此時正按住胸口，並露出了嘴角的虎牙，看起來痛苦不已。

……怎麼回事？發生了什麼事？

……師父！還有天帝也是，他們怎麼突然變得這麼難受！

伊思卡則是完全沒有異狀。

抱著天帝的璃瀝也是。

陣、音音、米司蜜絲隊長——以及愛麗絲、希絲蓓爾和燐都將「為什麼會感到難受？」的疑問寫在臉上。

「……**妳下手真狠啊**。」

始祖涅比利斯降落在地。

不過那不像主動降低高度的樣子。正確來說，她看起來更像無法維持住飄浮在空中的力量，才會直接降落在地。

「**妳叫醒它了嗎**？妳剛剛是不是喊了那個災難的名字！」

「——————啊哈！」

有著翡翠色頭髮的公主爆出笑聲。

「啊哈……啊哈、啊哈哈哈哈！這是多麼美妙的日子。帝國和皇廳的象徵——天帝和始祖大人，居然一起趴在地上！」

由於太過好笑，因此忍俊不禁。

她像在表達這樣的情緒似的神情恍惚，臉頰浮現出紅暈。

「就是這麼回事呢，始祖大人。愈是寄宿了強大星靈之人，愈是會對災難的力量產生強烈的排斥反應。您這下暫時是動不了了吧？」

叩、叩……

伊莉蒂雅踩著鞋跟，朝著始祖走去。

「儘管對毫無反抗能力的人類動手有違我的美學，但始祖大人是其中的例外。因為您是阻擾我實現野心的危險因子呢。」

「……妳講得…………像是、能消滅我似的……」

「是呀，始祖大人。」

伊莉蒂雅露出陶醉的表情，俯視咬牙苦撐的始祖。

「將您除掉之後，我就會成為這顆星球最後的魔女了。」

肉體變化。

美如女神的公主，其肉體逐漸變化為不同的模樣。

漆黑通透的肉體，轉化為有著人類外型的怪物。

「唔……妳！」

『您嚇到了嗎？沒錯，我已經和災難融合到了這個地步。要毀掉虛弱的始祖大人，也是易如反掌呢。』

真正的魔女將漆黑的手臂向前一伸。

眼看她即將觸及毫無防備的始祖——

一把冰之短劍劃過了她的手臂。

「……姊姊大人！」

金髮少女快步衝到動彈不得的始祖面前。

她是伊莉蒂雅的妹妹——愛麗絲。

「……姊姊大人，您這身模樣便是回答對吧？您不再是皇廳的公主、不再是我們那溫柔的姊姊，而是不惜化為這身怪物的模樣，試圖把世界搞得一團亂！這就是您的答案對吧！」

她啞著嗓子喊道。

雙眼紅腫的愛麗絲，朝著眼前的怪物一指。

「既然如此！那本小姐會為了守護我的皇廳（國家），抵禦姊姊大人的襲擊！」

凍寒之風吹起。

愛麗絲所觸碰到的地面，以極快的速度長出冰之藤蔓。冰之藤蔓凍住了裂縫橫生的柏油路，並纏住伊莉蒂雅的腳踝。

「關住她！」

『哎呀，愛麗絲——』

霹哩。

傳來了寒冰歪折的氣息。那不是將伊莉蒂雅化為冰雕的聲響，而是纏住伊莉蒂雅腿部的冰之藤蔓粉碎消失的響聲。

「……怎麼會！」

『真是可愛的孩子。妳還在對我手下留情呢。』

她隨之消失。

擺脫冰之藤蔓的真正魔女，從愛麗絲的眼前消失了。

消失的過程無聲無息。

「……不見了？」

『哎呀，妳的頭髮分岔了呢。』

「咿！」

愛麗絲的表情僵住了。

待她有所察覺，才發現消失的姊姊站到了身旁，正在撫摸自己的金髮。

『損傷得很嚴重呢。愛麗絲，這可不行，妳不能疏於保養頭髮喔。』

「——唔！」

『不過，我會讓妳從今以後再也不需在意。』

魔女的指尖漆黑而通透。

她的手指宛如五條小蛇，緩緩爬上愛麗絲的脖頸。

『對不起，愛麗絲，妳就在這裡……』

「不會讓妳得逞的。」

真正魔女的手指纏上愛麗絲的脖子——

就在千鈞一髮之際，伊思卡持劍橫劈，斬斷了真正魔女所在的空間。

——瞬間傳送。

在刀刃觸及的前一瞬，伊莉蒂雅從伊思卡的面前消失了。

……又來了。傳送之前沒有絲毫徵兆。

……和墮天使凱賓娜展示過的光學傳送(Leap)是一樣的招式嗎！

她便是星靈本身。

現在的伊莉蒂雅超脫了這個世界的物理法則。

「愛麗絲！」

伊思卡朝著出現在前方的真正魔女衝去。

同時對著身後的愛麗絲大聲喊道：

「再用妳的冰抓住她一次！」

「咦？可、可是……！」

「她（伊莉蒂雅）的傳送有弱點。只要被星靈能量困住，就無法發動。」

墮天使凱賓娜也是如此。

一旦被燐的巨人像抓住，她就無法施放光學傳送，只能墜落在地。

——只要一瞬間就好。

只要愛麗絲的冰之藤蔓能再次抓住她。

「下次就不會讓妳逃了。」

『哎呀，這是對我的深情告白嗎？』

她的口吻從容不迫。

但伊莉蒂雅採取的行動，卻是再次朝向後方發動光學傳送。

這明顯和先前不同。

她毫不掩飾自己的戒心——而這是她在與天帝、始祖和愛麗絲對峙時所不曾展露的反應。

『……啊啊，好痛。』

黑色通透的肉體，其側腹部缺了一小塊。

是被星劍砍到的部位。

她無法修復傷口，只能任其維持缺損的狀態。

『和瘋狂科學家說的一樣呢。我現在的天敵，就是高純度的星靈能量。若說星劍就是其中的翹楚，那我也只能坦然接受。就算只是稍加觸碰，似乎也很危險呢。』

「我說過了。」

他蹬地衝出。

那一瞬間的加速之快，讓伊莉蒂雅甚至錯估了自己和伊思卡之間的距離，而伊思卡就這麼衝進了她的懷中。

『……真是迅捷無比。』

「妳沒有下一步了。」

要在她發動星靈術之前解決掉。簡單來說，就是制敵機先的極致。不僅限於真正魔女，這對於再強大的星靈使都是有效戰術。

儘管如此——

『我呀，一直很憧憬這樣的局面（情境）呢。』

怪物的話聲顯得雀躍。

『就算變成這副模樣、就算被這麼多人憎恨，我的騎士也依然願意守護我。當個在千鈞一髮之際被人拯救的公主……是多麼幸福的感覺呀……』

所以我喜歡你喔，約海姆。

星劍向上一舉。

就在刀刃即將觸及真正魔女的前一瞬，卻被來自旁側刺來的巨劍揮開了。

「什麼！」

「她是我的主子，希望你不要出手。」

紅髮的帝國士兵。

男子穿著將盔甲與大衣合而為一的戰鬥服，而對方是自己（伊思卡）很熟悉的人。

因為兩人**曾是**同僚。

使徒聖第一席——「瞬」之騎士約海姆．雷歐．阿瑪戴爾。

透過希絲蓓爾的「燈」，伊思卡知道這名男子是真正魔女的手下，而他之所以加入帝國軍，

也是從一開始就打定了背叛的心思。

但仔細想想——

相關的線索早就交到了他的手裡。

而給出線索的正是伊莉蒂雅本人。

「其實呀，我曾有一陣子和帝國軍相處得很好喔。」

「十一名使徒聖之中，有兩位是使劍的。我想知道您和第一席（約海姆）之中，哪一個比較厲害呢。」

伊莉蒂雅和帝國軍裡的「某人」互通聲息。

而當時的她其實已經大膽地公布了那人的身分——也就是第一席。

……等一下。

……這不就表示……當時的她早就預料到事情會走到這一步！

使徒聖之中有兩名劍士。

之所以詢問自己和第一席孰強孰弱——是因為真正魔女早已看到了兩人終將對決的未來。

而自己當時是這麼回答的。

「我是專剋星靈使的類型，基本上沒受過對付人類的訓練。」

「若真的要上場比劃，我頂多也只能撐過第一回合，到了第二回合就會落至下風，而第三回合便會敗北。」

『哎呀，約海姆，梅倫還在想你上哪兒去了呢。』

天帝扶著璃灑的手，搖搖晃晃地站起身子。

『梅倫早就知道你心懷鬼胎。原本以為你是皇廳那裡的密探……原來如此，你和那玩意兒是一夥的呀。』

「陛下，迄今受您關照……我原本想這麼說的。」

使徒聖第一席一臉嚴肅地回應：

「我是為了從您底下探詢情報而接近您，而您則是為了從我口中挖出情報而招攬我加入使徒聖。我們兩不相欠。此外，希望您別把我的主子稱之為『那玩意兒』。」

『約海姆，看仔細點，站在你身後的那玩意兒，是比梅倫更加可怕的怪物喔？』

「**這裡沒有什麼怪物**。」

騎士站在漆黑的魔女面前，擺出了袒護的態度。

「站在這裡的，是有著無比高潔理想的一名公主。」

『你被洗腦了嗎？』

『絕無此事。』

這麼回答的，是後方的怪物。

『我一次又一次地拒絕了約海姆——因為我是怪物，因為我會受到世界的憎恨。但約海姆一直到最後都沒有離開我的身邊。只是如此。』

其後陷入了一片寂靜。

約海姆隨性地提起巨劍，而他後方有著真正的魔女。

兩人都凝視著伊思卡等人，一時之間沒有行動。

……真正魔女的目標是天帝和始祖。

……但他們的眼前有手握星劍的我擋路，後方還有愛麗絲。

雙方形成了平衡的狀態。

真正的魔女也不敢輕易出手。

不過自己若是發起攻勢，那也會被使徒聖第一席攔下。

陷入了僵局。

若想打破這場僵局，只能由其中一方強行發起攻堅。又或是——

『嗯……沒戲唱了呢。』

啪！

真正的魔女拍了拍手，示意護衛退下。

『約海姆，我們離開吧。各位，有緣再見。』

她迅速轉過身子。

這一觸即發的狀況彷彿假的一般，她果斷地選擇放棄。

『我會前往星之中樞取得更強的力量，待我更加進化之後，我們再來相聚吧。』

「唔！姊姊大人，您打算逃跑嗎！」

『是呀，愛麗絲，就是這麼回事。我和妳不一樣，比起戰鬥，我更習慣逃跑呢……啊，但我想到了一個惡作劇的點子。』

真正的魔女轉過身子。

她伸出了手指，隨即有兩滴黑色的水漬緩緩低落，「啪噠」地落到地面。

『愛麗絲，妳可曾和星靈交手過？』

「咦？」

『這是海之虛構星靈(Eidos)和地之虛構星靈。要是放走它們的話可就糟了。因為這兩個孩子「光是其中一隻就能毀掉帝國和皇廳」呢。』

啪噠。

真正的魔女和約海姆像沉入了腳下的影子般，緩緩地消失無蹤。

而取而代之地現身的是——

兩隻怪物自落到地面的黑色水滴緩緩現形。

……這兩個傢伙……

……到底是什麼東西！

伊思卡的背脊竄過了一陣陣惡寒。

那是和之前的各種對手交手時從未感受過的——屬於不同次元的空虛感。

不祥地發光的「有著人類外型」的怪物。

『——』

『——』

其中一隻怪物呈現深藍色，像光不可及的深海。

另一隻怪物則呈現紅黑色，宛如腐敗的大地。

兩隻怪物的手裡各握著一把十字槍——那顏色宛如將海水和血水凝縮之後形成的長槍。

怪物有著圓滾滾的頭部，卻沒有凹凸起伏。只有相當於眼睛的部位透出了體內的光芒，也不曉得它們究竟在看哪裡。

兩隻怪物像生鏽的門扉一般，發出了「嘰……嘰……」的聲響，緩緩地將臉孔朝向一行人。

它們同時投來了非比尋常的敵意。

「……那個，伊思卡……」

「希絲蓓爾，快點退後！」

伊思卡的雙手各握一把星劍，大聲吶喊道：

「這些傢伙不是一般的對手！」

「……伊莉蒂雅大人，這究竟是在開什麼玩笑？」

燐在一旁惡狠狠地罵了一句。

為了和兩隻怪物拉開距離，她正緩緩地向後移動。

「……光是這兩個東西就能毀掉皇廳？請別開這種玩笑了！」

「燐，沒必要把她的話聽進去。」

而在燐的身旁。

愛麗絲用力地咬住嘴唇。

「姊姊大人已是皇廳的敵人了，把她的話當成胡言亂語就好。現在只要儘快擺平這些怪物，事情就告一段落了……希望如此。」

愛麗絲沒讓視線從怪物身上挪開。

她迅速地開口對銀髮獸人說道：

「本小姐這番話是把你當成天帝說的。此時此地，我並沒有要加害帝國的意圖，所以——」

『盯緊前方吧。這裡可是戰場。』

就在天帝毫不留情地回話的同時——

藍色巨人——海之虛構星靈朝著愛麗絲發起襲擊。

它在地面上滑行。

像在冰上溜冰一般，怪物的動作看似緩慢，卻是以驚人的速度突擊而來。

「劍啊！」

預先準備好的水分逐漸凝固。

以愛麗絲的星靈術所形成的冰之巨劍，朝著撲向此地的藍色巨人胸口直直刺去——至少看起來是這麼一回事。

就連在一旁看著事發經過的伊思卡也這麼認為。

愛麗絲射出的冰劍扎進「海之虛構星靈」的體內——

隨即瞄準愛麗絲飛了回來。

「咦？」

星靈的自動防衛沒有生效。

因為是以愛麗絲的星靈術產生的冰塊，所以愛麗絲的星靈不將之視為威脅。

……滋。

冰刃刺穿物體的沉重聲響傳來。

瞄準了愛麗絲射來的冰塊，在千鈞一髮之際深深刺進挺身保護愛麗絲的巨人像。

「愛麗絲大人，請退開！」

「唔！」

愛麗絲勉強向後一跳。

她臉上的表情愈來愈難看。

「……居然反彈了本小姐的星靈術！」

光是交手這麼一次，就足以讓愛麗絲明白究竟發生了什麼事。

干涉星靈術。

大概是名為虛構星靈的巨人所具備的功能吧。那恐怕是彷彿用鏡子反射光芒般，將星靈術回擊給對手的能力。

——是星靈使的天敵。

不過——

就算親眼目睹了如此難纏的敵人，燐的腦筋仍舊動得飛快。

「把這傢伙揍飛出去！」

燐下令道。

巨人像舉起粗壯的手臂，將朝著愛麗絲逼近的藍色巨人轟飛出去。

霹哩。

虛構星靈被巨人像拳頭打中的部位，迸出了少許裂痕。

「果然，它能回擊的只有星靈能量而已！」

冰之星靈使能造出冰塊。

土之星靈使則是能操縱土壤。不過後者所操控的是真正的土塊，巨人像也只是被星靈術操控的大量沙土，因此拳頭不會受到回擊的影響。

物理性的破壞是有效的。

想要打敗這隻名為虛構星靈的怪物，只要用星靈術以外的手段即可。

「用槍！帝國士兵，該你們上場了！」

「**這可難說**。」

陣輕聲低喃。

聽到他這句低語的，應該只有離得最近的自己吧。

「隊長、音音，都別動。」

「咦！」

「陣哥，為什麼要阻止我們！」

「由我開槍。」

沒等兩人回答，陣以不到一秒鐘的動作，就舉起了狙擊槍鎖定目標。

他的目標是另一隻——以驚人的速度朝著第九〇七部隊滑行逼近的紅色巨人。**他朝著怪物的膝蓋開槍**。

血沫飛濺。

理應貫穿虛構星靈的子彈，卻撕裂了陣的肩膀。

「阿陣！」

「隊長，別開槍……和我想的一樣，是最糟糕的狀況。雖然不曉得運作的原理！」

陣按著傷口向後退去。

幾滴鮮血也隨之滴落在大地上。

「**紅色的傢伙會反彈物理攻擊。**」

海（藍）之虛構星靈會反彈星靈能量。

地（紅）之虛構星靈則是能反彈物理衝擊。

兩種不同顏色的巨人。

在其中一隻反彈星靈能量的當下，就已經能猜出另一隻的特性了。

子彈被彈了回來。

不只是子彈，就連帝國的大砲和飛彈都無法奏效。

……所以陣才會靈機一動。

……那一瞬間的狙擊早已算到了各種可能性。

於是他特地瞄準了膝蓋。

正因為陣是以「就算被反彈也不礙事」的角度開槍，反彈回來的子彈才會只在肩膀上留下一點小傷。

「真是一群怪物，這種能力也太難應付了吧……！」

燐不甘心地咬緊了臼齒。

——天敵。

星靈使面對海之虛構星靈時，會變得毫無用武之地。

帝國軍面對地之虛構星靈時，會變得毫無用武之地。

真正的魔女沒有說謊。

這兩隻怪物確實都具備了能夠孤身摧毀帝國和皇廳的危險性（可能性）。

「不過！只要交換目標就能解決它們了！」

米司蜜絲隊長舉起手槍，轉而瞄準另一個目標。

她的槍口對準了海之虛構星靈。子彈能對藍色的巨人奏效。

「咱們挑藍色的下手！」

但在她開槍之前。

兩隻巨人先一步詠唱起近似魔女咒文的話語。

——『*corna killsies*【炎／藍】。』

——『*ryphe fulis*【雷／紅】。』

火焰和閃光隨之迸散。

大地的裂縫竄出藍色的火焰，並灑出大量火星。

雲朵的裂縫射下震天價響的紅色閃電。

火焰和閃電都以大規模雪崩般的氣勢直撲而來。大氣被燒得焦灼，柏油路也被燃燒殆盡，眼看一切都要遭到吞噬——

無路可逃。

這一記攻擊的範圍之大，連關卡的廣場都能被吞沒殆盡。在察覺到此事的瞬間，伊思卡和身後的愛麗絲同時展開行動。

「牆壁啊！」

「退下！」

愛麗絲造出的冰牆擋下了火焰。

而伊思卡則是蹬著冰牆內側的凹陷處，高高地跳上半空。

——雷光傾注而下。

他憑藉的是一股直覺。雷電若是以地面為目標，會從哪個位置向下擊發？伊思卡高舉星劍，對上了以遠超乎人類反射神經的速度劈落的雷電。

「……喝！」

劍尖觸碰到了閃電的邊緣。

被星劍斬斷的紅光化為無數光絲，像融入天空似的消失無蹤。

然而——

他沒有澈底砍斷。

星劍砍到的，僅是從空中落下的一部分閃電。即使強如伊思卡，也是仰仗直覺，才神乎其技地砍斷了閃電。

沒能澈底砍斷的雷擊分岔為無數道光芒，而其中一道強光瞄準了待在後方的粉金髮少女。

「……糟糕，希絲蓓爾！」

「嗚！」

希絲蓓爾甚至來不及發出慘叫。

面對宛如猛獸般襲來的雷擊，她只能害怕地睜大雙眼——

「笨徒弟。」

黑色的閃光砍斷了這道雷擊。

這一劍出自跳到希絲蓓爾面前的黑鋼劍奴克洛斯威爾。

「別勞駕我這個隱居人士出手。」

「……那、那個……謝謝、您……？」

「詠梅倫根。」

師父(克洛斯威爾)手握與星劍相似的長刀，以不快的口吻呼喊天帝。

「把數量減少一些。」

『克洛，你真是博愛呢。』

銀髮獸人抓著璃灑的手，虛弱地微微露出苦笑。

『拜託你們啦，星靈們，把梅倫提到的人們搬到離這裡七百公尺的地方。對象包括梅倫、克洛、希絲蓓爾公主——』

「什、什麼！你、你要對本宮做什麼！」

『還有——』

天帝把希絲蓓爾的話語當成耳邊風，轉頭看向身後。

他伸手指向倒在地上的無數人們。

『帝國軍與星靈部隊（倒在那邊的人類）他們全部。』

嗡——

有著黏稠外型的白色牆壁，像發出了低鳴似的攤開。

雖然是難以適應的光景，不過根據天帝的說法，這片蠕動的牆壁似乎是負責防衛星球的星靈群體。

『這是特別服務喔，愛麗絲莉潔公主。梅倫會幫妳把妳的士兵——還有妳的妹妹帶走，不讓他們扯妳的後腿。』

「什麼！你、你說誰會扯後腿了！本宮可是——」

『帶走。』

天帝打了個響指。

看似白色黏液的物體轉化為發光的薄膜，下一瞬間，它使包覆了天帝、師父、希絲蓓爾以及廣場上的帝國軍與星靈部隊，傳送到別處。

前往國境關卡的外圍。

「欸，陛下，您居然把咱留在這裡嗎！」

璃灑輕輕露出了苦笑。

「真倒楣呀。咱可是陛下的參謀，根本不該上前線打打殺殺，而是該在有空調的辦公室裡喝著咖啡——」

「閉上嘴巴乖乖幹活。」

燐無情地喝斥了一句。

她掀起裙子，握住藏在裙子底下的短劍。

「愛麗絲大人，這個戴眼鏡的女人是人造星靈使。她能用星靈之線綁住對象，您可以視為專精支援的能力。」

「咱的星靈被人起底了！」

「妳和愛麗絲大人對付紅色（另一隻），我負責藍色（這一隻）。」

烈焰噴發。

飛竄的藍色火焰像要包覆住關卡的廣場似的，從柏油路延燒到兩旁的草坪。廣場的各處都升起了濃濃的黑煙——

而戰場也被一分為二。

海之虛構星靈由燐和第九〇七部隊（伊思卡等人）對付。

地之虛構星靈則由愛麗絲和璃瀧應對。

「燐！」

在藍色火星飛舞的同時，愛麗絲對著隨從拉開了嗓子喊道：

「不用擔心本小姐！妳好好保護自己——」

『*veiz*【爪】。』

「唔！」

十字型的長槍疾飛而至。

就在愛麗絲分心關注燐的那一瞬間，紅色巨人扔出了手中的長槍。

「綁住它！」

自地表延伸的冰之藤蔓，從空中擋下擲出的長槍。啪啦啪啦……愛麗絲側眼看著長槍被冰之藤蔓糾纏分解、歸還於大地的光景。

「打斷淑女講話也太沒禮貌了。如果是姊姊大人的部下，就該更——」

『*veiz*【爪】。』

「……唔！真的很沒禮貌耶！」

地之虛構星靈再次召喚長槍。

巨人單手抓著長槍，再次勢不可擋地襲向愛麗絲。

……原來如此，對方不具備思考的能力。

……就只是渴望見血的野獸罷了！

她先入為主地認為，對方若是伊莉蒂雅的部下，那應該會具備一定程度的智慧。

但這隻巨人只是單純的暴君。

現身於地表的它們，視摧毀一切為生存目的。

「既然如此，本小姐也不會客氣了！」

冰禍・千枚棘吹雪。

數以百計的冰之劍憑空顯現，覆蓋了上方的天空。

而地面和凍結的長椅也接連長出冰之劍。

——水洩不通的包圍網。

不只是頭頂上方，冰之劍全方位地包圍住虛構星靈。

「貫穿它！」

冰劍宛如驟雨般落下。

這一瞬間，紅色巨人動了。它高舉紅土色的長槍掃過天空——而這一揮便掀起了暴風雨般的強烈旋風。

轟！

遭到扯裂的大氣發出悲鳴。

瞄準巨人發射的冰劍被地之虛構星靈所颳起的烈風阻擾，紛紛像落葉般被吹散開來。

「……騙人的吧？」

這並非什麼特別的技術或者星靈術。

只是仗著一股怪力揮動長槍，利用揮動時產生的強風打散這一千把冰劍。

怪力亂神。

究竟得用上多大的力量揮舞長槍，才能引發這陣驚世駭俗的強風？

就在長槍的槍尖——

對準自己胸口的瞬間，愛麗絲全身上下都失去了血色。

不妙。

「藤蔓啊，阻止它！」

架起長槍的虛構星靈向前突擊。

巨人滑行的速度極快，甚至掀翻了馬路的柏油。為了停下它的動作，冰之藤蔓遵從愛麗絲的命令，朝著巨人包覆而去。

本應如此——

……霹哩。

冰之藤蔓卻在愛麗絲的面前被一舉扯斷。

巨人的突擊勢如破竹。

它輕而易舉地掃倒冰牆，瞄準愛麗絲揮下紅土之槍——卻沒能擊中她。

地之虛構星靈停下了動作。

就在它劈下長槍的前一刻。

幾乎看不見的——比頭髮更加纖細的「絲線」一層又一層地纏住了巨人的膝蓋和脖子。

星靈之線雖然比冰之藤蔓更為纖細，卻緊緊拉住了虛構星靈。

「……哎，既然這是陛下的命令。」

在離愛麗絲有段距離的位置。

看似坐壁上觀的璃灑，此時緩緩地張開雙手。

她的手中浮現了小小的光之寶珠。寶珠在空中迸開化為絲線，緩緩地朝著廣場的各處延伸。

「咱的是星球第四世代的『紡織』之星靈。如此這般，雖然咱們看彼此不順眼，但還是暫且攜手合作吧，冰禍魔女小姐。」

「…………」

「哎呀，妳不喜歡被人稱作魔女嗎？咱一不小心就順著習慣開口了。」

「……不。」

在眼鏡的鏡片底下，璃灑露出了明顯是在挖苦人的笑容。

而愛麗絲則是展露出不帶一絲雜質的笑臉回應道：

「謝謝妳。妳剛才救了我一命。」

「那就請妳快快出招吧。趁著咱還抓得住這巨人的時候──『收縮』。」

嘰──

星靈之線陷進虛構星靈的脖子。比頭髮更細的星靈之線，束縛了怪力亂神的狂暴巨人。

這時──

愛麗絲所射出的冰劍，正確無誤地刺中地之虛構星靈。

『────────喔喔喔！』

巨人發出憤怒的咆哮。

奏效了。即便愛麗絲的星靈術會被海之虛構星靈反彈，但對於地之虛構星靈就成了弱點。

「照這樣繼續進攻！把它困在原地！」

「這是當然。『紡織』雖然有著難以命中的缺點，但只要纏上了對手，就是必勝的利器。還請儘管放手一搏……………嗯？」

不對勁。

綑住巨人全身上下的絲線，在這時傳來了微弱的反應。璃灑從中感受到難以言喻的奇妙觸感，不禁瞇細的雙眼。

絲線正在穿透物體。

宛如纏上的是空氣或流水似的——從絲線傳來的手感正逐漸變得稀薄且無力。

她明明已經澈底困住了地之虛構星靈。

「總覺得有種不太好的預感啊。愛麗絲莉潔公主，快快給它一個痛快————唔！」

異變橫生。

璃灑的話還沒說完，眼前的巨人便在這時產生了「變化」。

第八國境關卡，廣場北側——

這一帶依然被藍色烈焰的火花籠罩，草坪逐漸染上焦黑的色澤。

「再來一隻！」

燐伸出一隻手碰觸地面。

土沙翻攪，緩緩形成第二隻巨人像。

「和剛才看到的一樣，巨人像的拳擊可以在怪物的表面打出裂痕。雖然在對付星靈術的時候所向無敵，但那傢伙害怕物理性的衝擊！」

「傷勢也沒有恢復的跡象喔！」

音音接著喊道。

她舉起帝國軍的制式步槍，瞄準了藍色巨人——海之虛構星靈。

「只要持續開槍，音音我們的槍枝肯定也能摧毀它。隊長！」

「那、那還用說！」

米司蜜絲隊長站到了音音身旁。

而陣也在後方架起狙擊槍，擺出了由自己（伊思卡）打頭陣的隊形。

「帝國劍士。」

「我知道。」

燐和巨人像朝著藍色巨人直奔而去。她走的是距離最短的直線路徑。

伊思卡緊跟在後。

……燐的短劍和巨人像的拳頭。

……而我的星劍也不例外。對於那個巨人來說，這些攻擊都無異於劇毒。

能對它造成致命傷。

海之虛構星靈理當說什麼都不想承受我方的攻擊才是。

那它為什麼還要主動出擊？

是為了迎戰，還是為了閃躲？

……它若是想用藍色的火焰迎戰，我就會用星劍連同火焰一同斬斷。

……假如它想在閃躲之後逃跑，就會挨上隊長、音音和陣擊發的子彈。

就棋局上來說，我方占盡了上風。

無論是迎戰或是逃亡，巨人都會被逼入絕境。不只是伊思卡，就連燐、隊長、音音和陣都料想得到這樣的未來——

『*corna killsies*【炎／藍】。』

「……是火焰嗎！燐，快停下來！」

伊思卡越過燐，站上最前線。

熊熊燃燒的藍色火焰形成漩渦，而伊思卡更近一步地向前踏出。

——用星劍斬斷火焰。

然而——

火焰的目標既不是伊思卡，也不是燐，更不是後方的第九〇七部隊。

巨人燃燒起來。

藍色巨人的全身上下很快就被藍色的火焰吞噬殆盡。

「什麼！」

伊思卡反射性地停下腳步。

儘管燃燒的火勢確實讓他不敢輕易靠近，但更重要的原因，還是伊思卡的大腦對這出乎意料的狀況給出了「別靠近」的警訊。在這段期間，火勢仍然持續延燒，不僅烤焦柏油路，還吞噬了長椅，讓周遭陷入一片火海。

「……是打算自我毀滅嗎？」

「……不對……」

冷汗滑過自己的臉頰。

藍色巨人被凶猛的火勢吞沒，**逐漸變得看不見它的身影——**

「那是迷彩！」

「咦？」

「燐，用巨人像保護自己！」

啵。

燐的身旁炸開了一團火焰。

燃燒的火焰化為浪濤，藍色巨人從中竄出。

「什麼！巨人像！」

巨人像將燐一把推開。

就在燐乘著猛烈的氣勢浮上半空的同一時間，長槍劃出一道閃光，將巨人像壯碩的身軀分解成無數細沙。

「……居然能躲在火焰裡移動！」

陣扣下了扳機，而米司蜜絲隊長和音音也跟著開槍。

三人射出的子彈都撲了空。因為在子彈射出的當下，海之虛構星靈已經再次消失在藍色火焰的漩渦之中。

……藍色巨人會纏繞藍色的火焰，還能躲在火焰中發起奇襲。

……這根本不是迷彩，是和火焰同化了！

「唔！」

伊思卡用星劍砍斷逼近的火柱，卻無法阻止蔓延的火勢。

火舌爬上了草坪和樹木，讓失火的區域急遽擴大。海之虛構星靈能夠自由移動的支配領域（Territory）也隨之增加。

……如果換做是愛麗絲？

……愛麗絲的冰能撲滅這些火勢嗎？

不對，不能這麼做。

海之虛構星靈會反彈星靈術。若是釋放出足以撲滅這場火勢的強烈寒氣，卻遭到反彈，反而是我方會蒙受巨大的傷害。

「陣哥！無法狙擊火焰裡的目標！」

「我追不上啦。礙事的東西太多了。」

這都得歸咎於火焰的轟隆聲與熱浪的肆虐。

海之虛構星靈一旦躲入火焰之中，陣就無法正確地鎖定它的氣息。況且飛上半空的火星也遮蔽著視野。

「音音，別靠火焰太近。那個怪物隨時都有可能從火裡衝出來！」

「我、我知道……可是火勢實在太旺了……！」

音音向後退去。

而在這段時間裡，火舌依舊緩緩地覆蓋整個廣場，像要從四面八方包圍眾人似的。

「嘖，隊長，快退後！」

「———」

「喂，隊長……隊長？」

陣轉過半張臉看向米司蜜絲隊長——

卻看到她正呆站在地。米司蜜絲隊長不知在喃喃自語些什麼，即便狀況危急，她也像是對現狀一無所知，以半夢半醒的模樣站著不動。

「……火焰……？被包圍……？奇怪……呃……那個……」

「喂，隊長，妳怎麼了！」

「……對了……在獨立國家(阿薩米拉)的時候……人家……**那時候是怎麼辦到的……**」

陣雖然抓住她的肩膀，但米司蜜絲仍舊沒有反應。

她連眨眼都忘了，只是面對著熊熊燃燒的火焰。

「隊長，快退下！」

「隊長，危險呀！」

音音和陣一左一右地抓住她的手臂，將米司蜜絲向後一拉。

米司蜜絲隊長的身子向後用力一倒。而在不到一秒之後，虛構星靈從火焰中擲出的長槍就貫穿了她原本所在的位置。

要是兩人沒有動作，米司蜜絲肯定會在毫無抵抗的狀態下被長槍貫穿吧。

然而，她還是一臉茫然。

「帝國劍士！隊長（米司蜜絲）是怎麼了！」

「我也不懂。米司蜜絲隊長，您怎麼了！」

「……唔！」

米司蜜絲隊長睜開了眼睛。

這不是因為她聽見伊思卡的呼喚——她凝視的依舊是眼前的火焰。

「……『*So E lu emne xel noi Es.*（接受我吧）』？」

「隊長！」

「不對，帝國劍士，你先別急。難道說，她在這種緊急狀況下……」

燐倒抽了一口氣。

她看著米司蜜絲一直按住的左肩——也就是星紋所在的部位。

「**要覺醒了嗎！**」

她要覺醒為一名星靈使了？

對於身為帝國人的伊思卡來說，他不知道在這種情況下覺醒，究竟是不幸還是走運。與此同時，燐則是苦澀地歪起了臉龐。

「……時機太糟了。星靈使在覺醒之際，會聽到寄宿在自己身上的星靈之聲。只有在這個瞬間，星靈使會陷入夢魂顛倒的狀態，現在的她沒有防備！」

「妳說什麼！」

被燐這麼一說，伊思卡也有了頭緒。

在希絲蓓爾以「燈」重現的一百年前，始祖艾芙的覺醒正是呈現如出一轍的狀態。

「人家是誰？」

「……咦？喂，那是什麼意思啊！艾芙乾姊！」

「人家……我……人家……是……什麼東西…………是、是人類……還是星靈…………？」

就連乾弟弟（克洛斯威爾）的呼喚也得不到她的應答。

始祖當時的身影，和這個瞬間的米司蜜絲重疊在一起。

……但就如燐所說，時機實在太糟糕了。

……偏偏挑在這種交戰到一半的情況下覺醒！

火焰勢若猛虎。

熊熊燃燒的火焰沒對一行人留情，不僅灑下了大量的火星，還伴隨著能燒焦身軀的熾烈熱浪席捲而來。

烈焰撲向了毫無防備地呆立原地的米司蜜絲隊長。

「隊長！」

「隊長，快點避開！」

燐伸出了手，伊思卡則是手握星劍擋在她的身前。

藍色的火柱宛如滔天巨浪直撲而下——

然後。

火焰——消失了。

「……咦？」

用力握著星劍的伊思卡，站在原地眨了眨眼。

發生什麼事了？

包覆己方的火勢逐漸減弱，原本能燙傷肌膚的熾烈熱浪也慢慢平息下來。

吹來的風並不熱。

原本讓人汗流浹背的熱風，如今變成有如春風的和煦微風。

「隊長她……！」

陣嘶啞著嗓子吼道：

「在獨立國家也發生過同樣的現象！伊思卡，這陣風是隊長的星靈術！」

「這是她的星靈術？」

在眾人的頭頂上方——

一道道閃爍著耀眼綠色的光芒，像在捲動氣流似的充斥著大氣。

那是與米司蜜絲肩上星紋同樣顏色的風。

「風之星靈術？這是什麼類型的術？為什麼虛構星靈的火焰逐漸消失了？」

燐仰望著天空大喊。

伊思卡也有同感。即便有師父傳授給自己的大量星靈知識，伊思卡也想不到能產生類似效果的星靈。

然而——

「查證（那個）可以晚點再說……！」

察覺到火焰迸竄的氣息，讓伊思卡宛如陀螺般扭過身子。

——海之虛構星靈。

熱浪和火星都消失了。

由於熊熊燃燒的支配領域逐漸縮小，讓他得以察覺到敵人的氣息。

「陣！」

「在那裡啊。」

陣扣下扳機。

擊發的子彈撕裂了藍色火柱，貫穿了潛藏在後方的怪物。

『————喔喔喔！』

憤怒的咆哮。

火焰大幅搖曳，而藍色巨人也像是霧氣散去似的顯現身形。

『*corna killsies*【炎／藍】。』

「又打算讓火焰纏身嗎？才不會讓你得逞！」

燐同時擲出兩手握持的短刀。

土之巨人像也蹬踏著大地發出地鳴，朝著海之虛構星靈舉起拳頭。

只差一擊。

若能在迸出裂痕的表皮上頭再次施予重擊，這隻怪物肯定會化為無數的玻璃碎片消散殆盡。

就在最後一回合的攻防即將上演的瞬間——

異變。

在伊思卡等人的面前，藍色巨人發生了某種變化。

藍色巨人染上了「紅色」。

巨人從宛如澄澈海水般的藍色，變成了紅土般的赤濁色。

那實在發生得太過突然。

真的是眨眼之間的變化。

「……怎麼可能！」

燐的表情僵住了。

虛構星靈染上了紅色。

就在土之巨人像的拳頭觸及表皮的瞬間，隨著一陣轟然巨響，巨人像手肘以下的部位化為了碎屑炸飛開來。

衝擊被反彈回來了。

不會錯的，這是能反彈物理衝擊的——「地之虛構星靈」的特性。

「燐，停手！」

「嗚……！」

燐交叉起雙手，勉強造出沙之盾護住頭部。

短刀隨即刺上去。當然，這是被地之虛構星靈反彈的結果。

「怎麼會！」

音音連忙垂下槍口。

子彈對這隻紅色巨人不起作用。要是遭到反彈，反而是己方會受到傷害。

「居然有兩隻紅色巨人！」

「不對，音音，妳仔細看。」

陣用狙擊槍的槍口指向地之虛構星靈的腿部和肩部。

上頭扎著好幾把冰之劍。

除此之外，也看得到璃灑以星靈術造出的絲線纏繞在上頭。

「……它和另一頭的傢伙對調了！」

地之虛構星靈與海之虛構星靈。

這兩隻其實是一體的存在。一旦察覺到雙方陷入絕境，就會交換彼此的身軀。換句話說，在另一側交戰的愛麗絲等人……

——慘叫聲。

來自廣場的深處。

如此遙遠的距離，理應聽不見喊叫聲。然而伊思卡卻覺得自己聽見了少女（愛麗絲）痛苦的哀號。

═══

這世上不存在能反彈星靈術的星靈術。

也不存在能反彈星靈術的武器。

對愛麗絲而言——

自己的星靈術會被原封不動地反彈一事，是她縱橫戰場至今從未發生過的現象。

「……怎麼會？」

從紅色變為藍色。

在愛麗絲的面前，地之虛構星靈變成了海之虛構星靈的顏色。

數十把冰之劍隨之砸落。

這些冰之劍在觸碰到海之虛構星靈肉體的瞬間，便四面八方地反彈回來。

「……唔，盾！」

矗立的冰柱擋下了反彈回來的冰劍。

冰與冰劇烈衝突。

雪白的寒氣四下狂吹，廣場周遭蓋上一層白靄，宛如永晝之夜。

「哎呀，公主，真是多虧了妳才撿回一命。差點連咱都要被那些冰劍戳穿了呢。」

「……星靈的力量太強……也不見得是一件好事呢。」

冰柱被扎得千瘡百孔。

愛麗絲透過冰柱的縫隙瞪視著海之虛構星靈，有些難受地按住左手肘。

左手臂微微紅腫，還受到些許撕裂傷。

由於反彈的冰柱數量實在過多，她匆忙施放的盾牌來不及全數擋下。

……居然被自己的星靈術傷到。

……真是丟臉丟到家了。

「妳的絲線呢？」

「派不上用場喔。」

璃灑操縱起絲線。

絲線鬆弛得像彈性疲乏的橡膠般，緩緩回到璃灑的掌心。

「咱原本想測試絲線會以何種形式反彈，結果在觸碰到那傢伙之前，好像就會被彈開呢。」

海之虛構星靈無法以星靈術對付。

愛麗絲的冰和璃灑的絲線也不例外。

「本小姐明白一件事了。那隻巨人身上沒有稱為要害的部位，就算朝著全身上下同時攻擊，星靈術也會被悉數反彈。」

「要舉手投降了嗎？」

「這可難說——牆壁啊，向上竄升吧！」

她對著天空舉起右手。

在愛麗絲的命令下，冰牆築出可以媲美摩天大樓的高度。

這成了包圍海之虛構星靈的冰之監牢。

「只要不讓星靈術打在它身上，就不會被反彈。換句話說，只要將它關起來就行了。」

「哦？那接下來有何打算？」

「快跑！」

跟上本小姐——

愛麗絲使了個眼色後，隨即在結冰的廣場上飛奔。

「趁著那傢伙被關住的空檔，我們要交換彼此的位置。我們對付紅色，伊思卡他們對付藍色——讓彼此對付擅長的敵人。」

「就算咱們互換位置，敵人說不定也會再次對調呀？」

「**它們辦不到**。那兩隻對調的能力無法接連使用。或許是發動有條件限制，也可能是得等上一段時間才能再次發動。」

舉例來說，就像愛麗絲的大冰禍。

這雖然是體現了「冰禍魔女」這個外號的大絕招，但實際上在發動之際，還需要滿足「大冰禍範圍之內的溫度已經降至足夠的低點」的隱藏條件。

而且無法連續使用。若想再次使用，就得間隔至少一個小時的冷卻時間。

因為星靈的力量也並非無窮無盡。

「要是能連續使用，早該在燐的巨人像給它第一拳的時候就對調了。但它們並沒有這麼做，大概是想當成最後的殺手鐧吧。」

「原——來如此，您真是慧眼過人呢。」

跑在身旁的璃灑一臉佩服地說著。

「咱原本想挖苦您『真不愧是魔女公主，對同類就是知之甚詳』，但還是收斂一些吧。」

「這算得上收斂嗎？」

「是呀。話說回來，愛麗絲莉潔公主，您剛才提議的是『咱們對付紅色，伊思卡他們對付藍色』，為何您指名的不是燐，而是伊思卡呢？」

「～～～～唔唔唔！」

愛麗絲的嘴裡迸出了不成聲的話語。

她幾乎是在無意識之下開口的。或許是因為自己比誰都明白伊思卡有多強大，才會在緊要關頭報上了他的名字。

「您認識他？」

「沒這回事！呃，剛才是因為……哎喲，煩死人了。現在哪是說這些話的時——」

『*corna killsies*【炎／藍】。』

暴風襲來。

在邁步狂奔的愛麗絲和璃灑的背後，一道火焰轟飛了冰之監牢和樹木。

「……它已經毀掉監牢了嗎！」

海之虛構星靈從監牢中一躍而出。

巨人的身影沒入了熊熊燃燒的火焰之中——

從愛麗絲旁側的火柱跳出來。

「唔！被它繞到前面了！」

巨人在火焰之中進行了瞬間傳送。

四下延燒的藍色火焰，乃是海之虛構星靈的支配領域。看來藍色巨人有著能在火焰之中自由移動的能力。

「……看樣子它不打算讓我們通過呢。這也表示它很不想讓我們交換作戰目標呢。」

藍色巨人擋住去路。

愛麗絲仰望著巨人纏繞火焰的壯烈身姿，呼出一口長氣。

「這樣啊，那麼本小姐就——」

就在這時——

一聲槍響自遙遠的彼端響起。

第八國境關卡，廣場北側。

難以言喻的詛咒之聲響徹四周。

——『*ryphe fulis*【雷／紅】。』

雲朵的縫隙拉出一道紅色雷電，撕裂了大氣向下劈落。

「是那道閃電！帝國劍士！」

「趴下！」

大地遵照燐的命令高高隆起。

伊思卡踏著這道斜坡跳上高空，朝著直直劈落的閃光渾然忘我地舉起星劍。

刀刃劃開了電擊——

『*veiz*【爪】。』

「唔！」

紅土色的長槍。

地之虛構星靈預料到了伊思卡劈開雷擊的行動，打算趁著他露出破綻的瞬間擲出長槍。但就

在投擲長槍的前一瞬，一顆子彈打穿了長槍的槍尖。

「伊思卡哥！」

「……音音，謝了！」

伊思卡在落地後，再次蹬地疾奔。

他瞄準了重新生成長槍的巨人，不容分說地朝著巨人的懷中衝去。

『————』

巨人有了反應。

一看到伊思卡試圖接近，巨人立即解除製造到一半的長槍，朝著後方退去。

「是害怕這把星劍嗎？」

果然如此。

伊思卡雖然也只是仰仗直覺，但能夠反彈物理衝擊的地之虛構星靈，果然也會被星劍所傷。

一看到自己（伊思卡）逼近，就迅捷無倫地產生了反應——這便是最有力的證據。

……既然星劍傷得了它。

……那就和對上星靈使沒什麼兩樣！

他朝著敵人的懷中衝去。

伊思卡斬斷了來犯的各種攻擊，打算在對手使出星靈術之前速戰速決。

然而——

伊思卡所構築的戰術，卻因為一個意料之外的狀況而功虧一簣。

「…………嗚……啊……！」

細若蚊鳴的呢喃。

在伊思卡、陣、音音和燐的視野之中，嬌小的女隊長驀地雙膝一軟，就這麼跪倒在地。

「隊長！」

離她最近的燐試圖伸手，但在一瞬間猶豫了一下。

地之虛構星靈已近在眼前。若是上前接住米司蜜絲隊長，必然會陷入毫無防備的狀態。究竟是要幫她一把，還是棄之不顧？

她感到猶豫的時間恐怕還不到零點一秒吧。

「……啊啊，可惡！」

燐接住了緩緩倒地的米司蜜絲隊長。

地之虛構星靈俯瞰著空不出雙手、無從防備的燐，揮下紅土之槍。

只見槍尖對準燐的腦袋——

「你知道吧！」

「我知道。」

清脆的聲音響起。

劈落而下的長槍槍尖，被伊思卡刺出的星劍抵住了。

長劍與長槍。

彼此就著劍尖比拚起力氣。彷彿在刮擦玻璃般的「嘰嘰」噪音傳遍四周。

「燐，把隊長帶到後面！」

「——不用，**保持這樣就好**。」

伊思卡與虛構星靈短兵相接。

聲音則是從自己的身旁傳來。

「所有人都別動。伊思卡，你繼續壓制那個大塊頭。」

「陣！」

「隊長已經完成任務了，接下來就是部下的工作啦。」

陣架起了狙擊槍。

看到他將槍口筆直對準了地之虛構星靈，所有人都以為自己眼花了。

明明子彈會被它反彈回來！

「陣哥？」

「住手，你到底在想什麼！」

「————」

音音和燐雖然拉高了嗓門，但銀髮的狙擊手卻是沉默以對。

不對，他根本沒聽見兩人的聲音。陣展現了讓旁觀的伊思卡都不禁睜大雙眼的專注力，凝視著紅色的巨人。

「帝國軍的武器拿這隻怪物沒轍，所有的武器都會被反彈回來。」

「陣哥！就、就是說呀！所以——」

「**那不是很好嗎？**」

槍聲。

伴隨著這聲宣言射出的一顆子彈，像被地之虛構精靈吸引過去似的，穿透了虛空向前突進。

碰撞，然後反彈。

被反彈回來的子彈掠過陣的臉頰，穿透音音和燐之間的縫隙，飛過了廣場，然後——

貫穿了位於另一側的海之虛構星靈。

發生什麼事了？

所有人想必都以為自己眼花了吧。

無論是將子彈反彈回去的地之虛構星靈。

或是被子彈擊中的海之虛構星靈，肯定都無法理解發生了什麼事。

「就是這麼回事。」

唯獨一人——

利用了地之虛構星靈打出跳彈，並貫穿目標的狙擊手，冷淡地點了點頭。

「因為我找到了絕佳的反射角度啊。」

『————喔喔喔！』

那是死前的慘叫。

霹哩……啪嘰……

被子彈貫穿的海之虛構星靈，其表皮化為光之碎片，接連從身上剝離。

然而，怪物尚未倒下。

即便肉體逐漸崩潰，它仍然遁入火焰之中消失了。

下一瞬間，在燐抱著失去意識的米司蜜絲隊長的當下，她身後燃燒的火焰微微搖晃了一下。

「燐，小心後面！」

海之虛構星靈孤注一擲地發起攻勢。

巨人手中的長槍槍尖分岔成兩股。分岔的槍尖同時對準了燐和米司蜜絲隊長，眼看就要刺穿

她們——

「那是咱的同僚。」

「那是本小姐的隨從。」

長槍刺空了。

突然延伸而至的星靈之線纏繞住動彈不得的燐和米司蜜絲隊長，將兩人拉到後方。

而長槍的槍尖則是被自地面竄出的冰牆擋下。

「使徒聖大人，妳收割的可真是時候。」

「多虧你的亮眼表現呀，陣陣。」

璃灑操控著星靈之線這麼說道。

而在她的身後，被強風吹起長髮的愛麗絲正邁步而至。

『喔喔喔喔！』

海之虛構星靈緩緩倒下。

它的肉體驀地竄出火焰，藍色的肉體轉化為藍色的火柱。

自爆。

巨人以崩潰的肉體作為燃料，讓火焰燒得更加旺盛，並將身體朝著燐和米司蜜絲隊長倒去，打算和兩人同歸於盡。這時——

「伊思卡！」

「嗯。」

甚至不必開口提醒。

愛麗絲的話聲成了一股助力——伊思卡揮下的黑之星劍，僅以一劍便將虛構星靈化為烈焰的巨大身軀砍倒在地。

『——』

海之虛構星靈，就此消滅。

但戰鬥並未就此結束。

還有一隻——地之虛構星靈還處於幾乎毫髮無傷的狀態。

「『上天之杖』啊，交於吾手。」

聲音來自遙遠的天際。

那道嗓音雖然稚嫩，卻蘊含著深不見底的言語之力，讓所有人不禁抬頭看去。

沒錯。

仔細想想，最強大的那名星靈使正在此地。

「煩死人了。你們還沒擺平啊？」

始祖涅比利斯。

嬌小的少女高舉右手，而一把形狀扭曲的黑杖逐漸在她的手中成形。

不會吧。

「涅比利斯，等等！」

「我只幫這麼一次。都趴下吧。」

趴下！

也不曉得是誰這麼吶喊的——在場全員都向前飛撲，趴伏在地。

眾人儘可能將頭部貼近地面，爬往地之虛構星靈的相反方向。

他們摀住耳朵，閉上眼睛——

天之杖自蒼穹墜落。

大氣發出了悲鳴。

以長杖的墜落地點為中心，宛如世界末日的巨響響起，大地被切成了碎片，交雜著灼熱和極冷的強風與衝擊波四下狂吹。

極為強烈的光與衝擊。

就算閉上雙眼，其震撼之強也險些讓人失去意識——

「…………」

睜開眼睛之後。

留下的只有巨大的坑洞。

在伊思卡起身之際，地之虛構星靈早已被消滅得不留痕跡。

4

坑洞冒著黑煙。

音音戰戰兢兢地看著缽狀的大坑，過了一會兒才回過頭來。

「……真是好奇怪的感覺。音音我們被那個始祖幫了一把？」

「以結果來說是這樣。就不曉得她本人有沒有幫忙的意願了。」

陣則是坐在瓦礫上頭。

在他的身旁，坐著同樣把瓦礫當成椅子的希絲蓓爾。她正凝視著躺臥在地的米司蜜絲。

「希絲蓓爾，隊長的狀況如何？」

「不必擔心，伊思卡。剛覺醒為星靈使的人類，經常會陷入類似的休克狀態。不過，像她這樣突然失去意識的案例並不多就是了。」

「……這樣啊。」

伊思卡呼出了沉澱在肺裡的空氣。

自從傳送到這座第八國境關卡，他就一直維持著緊張狀態，此時總算能稍稍放鬆了。

而待在另一側的兩名女子想必也是同樣的心情。

「愛麗絲大人，雖然這個問題問得有點晚了，但您怎麼會在這裡？」

「燐，一個優秀的隨從，在這時的第一個問題應該是『您是否安然無恙？』才對喔。順帶一提，本小姐沒有受傷。」

「……小的就是知道您會這樣回覆，所以才省略不問的。」

愛麗絲拍落衣服上的塵埃。

而在後方待命的燐則是露出了有些不快的神情。

「小的原本希望愛麗絲大人能在皇廳等候呢。」

「本小姐很擔心呀。因為始祖一醒來，就一副要去襲擊帝國的樣子，本小姐這才追出了王宮……不過，**這究竟是怎麼一回事？**」

愛麗絲訝異地瞪視著前方。

循著她的視線，便能看到象徵帝國和皇廳的兩大巨頭，正以背靠鐵絲網的姿勢並肩而立。

『妳不是打算袖手旁觀嗎？』

「我只是嫌那玩意兒礙眼。」

『妳終於不打算毀滅帝國了？』

「我要毀了帝國。」

『但是帝國的幕後黑手說不定已經消失了喔。梅倫會在天守府等妳，過來聽梅倫解釋吧。』

「你以為我會接受嗎？」

『反正妳很閒吧？』

實在是有些難以置信。

天帝詠梅倫根與始祖涅比利斯——本該是不共戴天的兩名世仇，此時卻展露出結識已久的氛圍，正在心平氣和地聊天。

看在愛麗絲眼裡，肯定覺得莫名其妙吧。

……對喔，只有愛麗絲不明白這兩人之間的關係。

……因為我們透過希絲蓓爾的「燈」，看過一百年前的往事。

始祖和天帝乃是舊識。

但兩人已在百年前分道揚鑣。而愛麗絲之所以會感到不安，恐怕是把兩人看作隨時都會因為某種契機而「開戰」的敵對關係吧。

「……看來只是在浪費時間啊。」

褐膚少女以悻悻然的口氣說道。

她離開了鐵絲網並站起來。

「詠梅倫根，我不打算原諒帝國。不過……」

『不過？怎麼了？』

「現在多了個比帝國更需要及早消滅的對手。你還是儘快做好準備吧。」

她轉過身子。

在始祖背過天帝詠梅倫根的那一瞬間，她似乎不經意地瞥了自己（伊思卡）一眼，那難道是錯覺嗎？

「我討厭帝國（這裡），一點也不想多留片刻。」

像個在鬧脾氣的孩子似的——

始祖涅比利斯在道出感情用事的話語後，便穿過空間的裂縫消失了。

Intermission　「月亮隱沒、烏雲蔽日」

1

閃過了不好的預感。

自從昨晚看到殘月之夜，她就一直感受著錐心刺骨的惡寒。

「……全軍覆沒……這是怎麼回事……？」

縱貫大陸的高速公路，眼看就要延伸到盡頭——

只要再開不到一個小時，就能看到帝國的關卡。就在這時，夏諾蘿蒂緊急煞住了廂型車，從駕駛座跳出車外。

帝國第八國境關卡——

夏諾蘿蒂抬頭看向目的地的方向，倒抽了一口氣。

「等等！有假面卿和琪辛大人坐鎮，居然還會全軍覆沒……這究竟是怎麼回事！」

『……我們還在蒐集情報。』

通訊的對象是佐亞家的諜報部隊。

他們和以帝國為目標的夏諾蘿蒂不同，是留在月之塔監視星星和太陽的分隊。

『假面卿處於失聯狀態，十五人組成的精銳部隊也是一樣。我們聯絡不上任何人。』

「……騙人的吧。」

冷汗滑過她的臉頰。

實在難以置信。

聽到自己無法想像的報告內容，讓她喉嚨一陣痙攣，聲音也變得沙啞。

「不、不過……始祖大人正在前往帝都對吧！只要我們也一同參與襲擊，就能趁著這個大好機會營救被囚的同伴們……」

『計畫**原本**是這樣沒錯。』

「有琪辛大人在呀！就算碰上帝國軍……甚至是使徒聖，也不可能落得無人生還的下場！」

『所以我等也正拿不定主意！』

怒吼聲。

通訊機的另一端傳來了搥打桌面的聲響。

『……夏諾蘿蒂……妳就依照原訂計畫，前往第八國境關卡。』

「然後呢？」

『精銳部隊若是全滅，那一定會在該處留下痕跡。妳要把現場澈底調查一遍。況且……雖然機率只有萬分之一……不對，是億分之一，也有可能是通訊機偶然全數故障，才會失去聯繫。』

「……如果不是通訊機故障呢？」

如果——

如果假面卿、琪辛和部下們真的全軍覆沒呢？

『————』

通訊對象沉默了一會兒。

『我等的當家葛羅烏利大人，在帝國軍襲擊王宮之際下落不明。在當家失蹤後，月亮一度陷入混亂，而一肩挑起代理當家一職的，便是假面卿。他是個稱職的指揮官，也是個稱職的參謀，更深獲星靈部隊的信任。如今的月亮，仰仗著假面卿的手腕才得以運作。』

「沒錯。」

『琪辛大人是月亮的殺手鐗。在女王聖別大典上，能與星星的愛麗絲莉潔和太陽的米澤曦比比肩的公主，只有琪辛大人一人而已。』

「所以我才在問，要是假面卿和琪辛大人都不在，會發生什麼事呀！」

『——————』

第二次的沉默遠比第一次長上許多。

也不曉得究竟等了多久。

良久，通訊機的另一端像自暴自棄似的，傳來了一聲灰心喪志的嘆息。

『月亮會就此垮台。』

「……唔！」

鏗——

隨著將通訊機砸向地板的聲響傳來，通訊被對方掛斷了。

「……開什麼玩笑，我才是那個想砸通訊機的人呀！」

她的腦袋還沒辦法釐清現狀。

夏諾蘿蒂也很清楚，自己是因為無法認清現實，才讓腦袋變得一片空白。要是在這種狀態下繼續開車，肯定會出車禍。

「到底發生了什麼事啦……」

她握緊拳頭。

夏諾蘿蒂感受著指甲掐進掌心的痛楚，咬緊了臼齒。

「……月亮會垮台？豈有此理，怎能讓這種事發生！」

如果說——

如果說真的得迎來垮台的結局。

那就在最後一刻把一切都拖下水，好好地大鬧一番吧。

2

涅比利斯王宮——

太陽之塔，在陽光普照的露台——

「真是的……星星和月亮，我可不想和你們一起翻船啊。」

休朵拉家當家——「波濤」的塔里斯曼。

他將極難駕馭的純白色西裝穿得筆挺有型。男子有著輪廓深邃的五官，形狀威武的眉毛，以及打理整齊的深色銀髮，以四十歲的年紀來說，他仍舊散發著濃郁的男人味。

然而——

這名英氣十足的男子，此時正展露出無人見過的——陰沉而扭曲的表情。

「八大使徒的聯絡斷絕了。抵達帝國國境的佐亞家大部隊也莫名覆滅，而守在那邊的帝國軍也是一樣……好啦，米吉。」

「是的，叔叔大人。」

坐在他正對面的公主出聲回應。

——米澤曦比．休朵拉．涅比利斯九世。

少女有著輪廓深邃的五官，以及讓人為之一亮的琉璃色長髮。

她原本的髮色是和塔里斯曼相同的金色，但在寄宿於身上的強大星靈開始顯現的同時，她的頭髮也逐漸轉化為藍色。

她是休朵拉家的下一任當家，也是下一代的女王候選人。

塔里斯曼看著她說道：

「我就直截了當地問了。妳辦得到**相同**的事嗎？」

「不。」

「小愛麗絲辦得到嗎？」

「不。」

她立即給出了回答。

米澤曦比公主兩度搖頭回應：

「八大使徒是在暗地裡操控帝國的首腦級人物。但要在短短的幾小時內讓他們消失，還得隻

身讓月亮的部隊和帝國軍全軍覆沒……到底要怎麼做，才能締造這等無情且強大的成果？這早已超越了人類所及的範疇呢。」

「是啊，我覺得妳說得很對。」

塔里斯曼輕輕握住了咖啡杯。

不過，他並沒有拿起咖啡杯的意思。這代表他陷入了不得不專注思考的狀態。

「位於星之中樞的災難之力，是人類所無法承受的東西。然而，在數以百計的實驗體之中，只有小伊莉蒂雅存在著與之契合的可能性。」

「這是瘋狂科學家統整報告之後得出的結論呢。」

然而所謂的契合，代表的是「肉體會變得不滅」。

過於強大的力量很可能會摧毀伊莉蒂雅的精神，讓她變成能夠輕易操控的行屍走肉。因此八大使徒也贊成進行實驗。

為了獲得最強的傀儡。

但他們的如意算盤落空——

催生出真正的魔女這樣的怪物。

「……還以為她會被災難之力吞噬，想不到居然成了支配的那一方呢。」

塔里斯曼輕聲嘆息。

自從當上當家至今，他已經有好幾年沒有嘆氣過了。

「我現在久違地感受到焦慮的情緒。看來不是什麼事都能按照計畫進行的。碧索沃茲，妳怎麼看？」

「這個嘛——狀況似乎挺糟糕啊？」

露台上站著第三位與會者。

名為碧索沃茲的紅髮少女，正倚在露台的扶手。

少女的右耳別著耳針，左耳戴著大型的圈形耳環。火爆的眼神給人地痞流氓一類的印象，但她已經不是人類。

實驗體Vi。

少女過去曾接受過與伊莉蒂雅相同的手術。

「和小伊莉蒂雅處於同樣立場的妳，居然也認為狀況危急？」

「哦，當家，請別這樣說話。人家說穿了只是其中一個瑕疵品，若是把人家和她(伊莉蒂雅)視為相同的存在，就連當家也會步上八大使徒的後塵喔。」

「為了不重蹈覆轍，我希望妳能提供一些智慧呢。」

「人家束手無策喔。因為她早已成了在一對一的戰鬥中所向無敵的怪物。假如貿然出手，就連咱們都會跟著覆滅喔。」

已無計可施。

紅髮少女像在這麼表示似的聳了聳肩。

「不過，雖然聽來矛盾，若要採取行動，只能趁現在了。」

「妳的意思是？」

「真正的魔女**還會繼續進化**。」

「…………」

「她的目的地大概是星之中樞，並企圖取得更為強大的災難之力。一旦讓她得逞，那就沒戲唱囉。無論是帝國還是皇廳，都會在一夕之間滅亡。」

「原來如此。正因為還有變強的空間，所以『現在』的她是最弱的。」

當家交抱雙臂。

在米澤曦比與碧索沃茲的守候下，他無言地繼續思索。

「……八大使徒，你們還真是催生出一個不得了的東西啊。」

塔里斯曼第二度嘆了口氣，同時站起身。

「碧索沃茲，妳能鎖定小伊莉蒂雅的所在位置嗎？」

「嗯……正如人家剛剛說過的，她的目的肯定是前往星之中樞接觸災難。要從地面（這裡）潛入星之中樞的方法，只有一種而已。」

「是星脈噴泉呢。」

米澤曦比回答道。

她效仿塔里斯曼的動作，從染上晨曦之色的露台站起身。

「她會找出尚未開採的星脈噴泉，並**逆流而下**潛入星之中樞。雖然是人類做不到的事，但她可能會這麼做呢。叔叔大人，我沒說錯吧？」

「得儘快決定追蹤的方針。」

塔里斯曼轉過身子。

太陽的當家領著公主和部下，離開了熠熠生輝的露台。

然而，三人都沒有注意到。

就在他們沉思默想的同時，位於頭頂上方的太陽，在不知不覺中受到了烏雲的遮蔽。

昨晚吞噬了星星和月亮的烏雲——

此時正覆蓋著太陽。只不過地上的「太陽」卻無人察覺此事。

Chapter.4 「優於俘虜但劣於客人」

帝國，第八國境關卡。

抵達此地的帝國軍支援部隊，看到的是一幅宛如經歷過天崩地裂的末日光景。

柏油路被切成了碎塊。

車輛像玩具般被翻得車底朝天，草坪則是被火焰燒成焦炭。

其中最誇張的，莫過於廣場上的坑洞。

「要把這一切推到始祖頭上？喂，使徒聖大人，這樣做不要緊嗎？」

「沒事啦，陣陣。陛下也是這麼交代的……啊，那邊的醫療班，把傷患搬完之後就載去醫療機構吧。咱們會搭乘另一架直昇機，所以不用等咱們喔。」

即使看到陣皺起臉龐的模樣，璃灑的口吻仍然顯得輕鬆自在。

「要是將伊莉蒂雅這樣的怪物公諸於世，也只會帶來不必要的麻煩吧？」

「……確實是這樣。話說回來那女人之所以會變那樣，也是八大使徒在幕後穿針引線吧？」

「對對。始作俑者也都消失了嘛。」

所以就把這一切推到始祖頭上。

始祖涅比利斯確實襲擊了隔壁的第七國境關卡，也有許多帝國軍目擊那場襲擊行動。

若要向全世界說明此事，這樣的說詞最方便。

「啊，那邊的第二通訊班，如果聯絡上司令部了，就和咱——」

「璃灑小姐。」

璃灑忙不迭地下達指示。

伊思卡則是從她的身後開口問道：

「我可以問您一件事嗎？雖然不是什麼大不了的事……」

「嗯？小伊，有什麼問題嗎？」

「我沒看到天帝陛下和師父。」

「陛下已經早一步回去啦。畢竟他有著那副尊容嘛。小伊的師父在陛下回去之前似乎聊了些什麼，但在說完話後就隨性地離開了。」

「這師父的作風也太隨便了吧！」

他想問師父的事情堆積如山。

透過希絲蓓爾的星靈術，伊思卡已經大致了解一百年前的帝國發生了什麼事。

可是最重要的問題懸而未決。

……位於星之中樞的災難究竟是什麼？

……不只是師父，始祖和伊莉蒂雅也很在意那個玩意兒。

自己並沒有得到任何解釋。

他只是透過師父和涅比利斯的對話，勉強拼湊出災難的存在，也知道自己手裡的星劍是擊敗災難的希望。

這時——

「喂，天帝參謀。」

處理完傷口的燐現身了。

而她的身後也能看到緩緩走近的愛麗絲。

「我有事要向妳確認。」

「除了帝國軍方的機密和咱的體重，咱可是有問必答。」

「妳打算怎麼處理那些傢伙？」

燐用下巴比了一下後方。

帝國軍的支援部隊正在將佐亞家的星靈部隊一一搬上車。

……他們是打算配合始祖的行動入侵帝國？

……結果被真正的魔女撞個正著嗎？

對於真正的魔女來說，他們只是消滅完八大使徒後**附帶**的獵物吧。

只是因為恰巧撞見，就出手剿滅了他們。

不僅遇上不講理的對手，還被單方面打得落花流水——雖然是自作自受，但伊思卡也不禁感到有些同情。

「佐亞家的侵略行動，違反了我等女王旨意的行為。既然他們落得被帝國軍逮捕的下場，那我也不打算為他們求情乞命。只不過，如果你們對他們做出不人道的行為——」

「啊——這部分妳大可放心。」

璃灑慵懶地揮了揮手。

帝國軍的醫療部隊正在搬運昏睡的佐亞家部隊。

「他們會被送去專門研究星靈症的機構。牛頓室長是個星靈痴，一旦看到那種罕見的星靈症肯定會不分敵我地展開研究……不對，是不分敵我地鄭重對待喔。」

「可要拿捏好分寸啊。」

「知道啦、知道啦……哦？想不到聊著聊著，來接咱們的直昇機已經到了。」

璃灑抬頭看向天空。

伊思卡也很熟悉的大型運輸機正緩緩地降低高度。

他們將搭上這架直昇機返回帝都。

然後——

「……伊思卡，看來本宮要在這裡和你告別了。」

伊思卡回頭看去。

只見有著粉金色頭髮的公主任由長髮飛揚，以仰望的姿勢對自己露出消失在即的柔弱微笑。

「本宮一行人會離開這處國境返回皇廳。女王大人很惦記我們的安危，更重要的是，我們還得回報伊莉蒂雅姊姊大人的事。」

「……嗯，也是啊。」

沒錯。

說起來，這就是當初與希絲蓓爾約定的「護衛」內容。

在獨立國家的契約，竟會演變成如此漫長的旅程，這確實是當時的伊思卡所無法想像的。

「米司蜜絲隊長還沒醒來嗎？」

「她醒了，現在有音音和陣在照料她，所以不用擔心。」

「也請代本宮向那三人致謝。喏，燐，輪到妳了。」

「什麼？」

被希絲蓓爾點名的燐愣愣地眨了眨眼。

「妳也該向他們道謝呀。」

「……我要道謝？為什麼呀！」

「妳不是在天帝的房間裡過著吃喝玩樂的日子嗎？本宮聽說妳餐餐都吃山珍海味呢。」

「小的只是在那裡當一名俘虜呀！總、總之，是您誤會了！小的完全沒欠他們人情！」

燐面紅耳赤地這麼主張。

「愛麗絲大人、愛麗絲大人，請您也幫小的辯護幾句呀！」

「————」

「……愛麗絲大人？」

察覺有異的燐回頭看去。

只見在她身旁，金髮公主正安靜地垂首不語。希絲蓓爾和燐的對話似乎都沒傳進她的耳裡。

「愛麗絲？」

「唔！」

自己（伊思卡）一開口呼喚，迄今對周遭的對話毫無反應的愛麗絲驀地發出驚呼，輕輕彈起了身子。

「什、什麼啦……是你呀。別突然向本小姐搭話啦……」

「向妳搭話的不只我一個，燐剛才也喊了妳好幾次喔。」

「咦？」

「……哦……」

燐的眼神變得相當冷淡。

「小的明明怎麼喊都沒反應，但帝國劍士一開口，您就有反應了是吧？」

「才沒這回事呢……！只是湊巧而已。本小姐剛剛是在想事情，才會稍微放空了一下！」

愛麗絲撩了一下自己的金髮。

然而，愛麗絲雖然想表現出堅強的樣子，她的側臉卻顯得有些脆弱無助，這會是自己的錯覺嗎？

「……我們回皇廳吧。燐、希絲蓓爾，走吧。」

愛麗絲轉過身子。

不過涅比利斯的公主似乎在猶豫些什麼——她先隔了幾秒鐘的空白，這才將側臉轉過來，對自己露出不加修飾的表情。

「伊思卡……本小姐的立場沒辦法和你多聊幾句，但這次是真的欠了你不少人情。謝謝你救了燐和我的妹妹。」

「只是順勢而為啦。畢竟我們是為了活下去而做出選擇。」

「……也是呢。」

愛麗絲輕輕地笑了。

就在她將鞋尖對準關卡哨站的時候——

『哦，慢著慢著。』

璃灑手裡握著的通訊機——

傳來了先一步離開的天帝的嗓音。

「哎呀，陛下？您不是早一步回去了嗎？」

『梅倫現在在天守府喔。先別管這個了，璃灑，皇廳的公主們是不是還在那裡？梅倫尤其有事想找愛麗絲莉潔公主。』

「……我嗎？」

愛麗絲露出緊張的神情回頭看來。

「帝國的總帥找本小姐有何貴幹？」

『妳不想知道自己的姊姊變成那樣的理由嗎？』

「……唔！」

愛麗絲倒抽了一口氣。

她原本打定主意不論天帝說什麼都冷淡以對，但只有這件事讓她沒辦法不當一回事。

「本小姐反倒要問，你對這件事知道多少？」

『至少比妳更加接近事態的核心喔。畢竟梅倫可是變成了這般模樣——變成和妳姊姊差不多的怪物呢。』

「唔！別把別人的姊姊……！」

『不希望梅倫把她說成怪物嗎？妳不妨看看周遭，在妳背後被人搬動的帝國軍和星靈部隊，他們全是伊莉蒂雅手下的犧牲者。而且她行凶的對象還不分敵我呢。難道對妳來說，這樣的行徑還稱不上野蠻嗎？』

「……這、我……」

愛麗絲一時語塞。

她的理智其實很清楚，伊莉蒂雅已經不再是自己所認識的姊姊了。

『這是一樁不錯的交易喔。梅倫會將自己對那個怪物所知的一切全盤托出，妳就跟著璃灑一起來天守府吧。』

「咦！」

「什麼！」

率先做出反應的是希絲蓓爾和燐。

天帝的弦外之音，是**不打算讓她返回皇廳**。他在邀請愛麗絲前往天守府——也就是帝都。

「……你是要本小姐成為帝國軍的俘虜嗎？」

『待遇應該是優於俘虜但劣於客人吧。』

天帝滿不在乎地笑了笑。

『對了對了，愛麗絲莉潔公主，妳是冰禍魔女對吧？』

「…………」

愛麗絲抿緊了唇。

冰禍魔女是受到全帝國軍憎恨的存在。若是在這裡老實承認，恐怕會惹來殺身之禍。

天帝像是看透了愛麗絲內心的糾結——

『梅倫就暫時放下對妳的仇恨吧。』

通訊機另一頭的語氣極為沉著冷靜。

其情緒之淡薄，甚至讓在一旁聆聽的伊思卡感到錯愕。

『只要妳願意發誓不鬧事，梅倫也不會對妳無禮。梅倫可以承諾讓妳享有應得的自由。』

「……你在想什麼？」

『梅倫現在和妳談的，是一樁充滿算計的交易喔。』

這一瞬間。

在場的所有人，恐怕都想像得出銀髮獸人露齒冷笑的模樣吧。

『梅倫打算讓妳打敗妳的姊姊。』

姊妹戰爭。

天帝宣告的，是血脈相連的姊妹所要面對的悽慘未來。

『剛才的互動讓梅倫想到，伊莉蒂雅似乎還沒完全割捨對家人的愛。若要派出刺客，妳自然是不二人選吧？梅倫會提供妳所需的情報，好讓妳能順利取走妳姊姊的性命。』

毫不留情的提案。

如果要衡量其中的輕重，究竟得花上多少時間呢？從璃灑手上接過通訊機的愛麗絲，只能微微地露出苦笑。

「……真不愧是帝國，在對付魔女的時候真是不擇手段呢。」

『妳的姊姊很快就會毀掉妳的國家了喔？』

「──────」

『現在已經過了「齊心守護帝國」或是「一同守護皇廳」的階段，只能選擇兩者共存，或是兩者共亡。不中意的話就回去吧。若想在祖國度過人生最後一段時光，那確實也是妳的自由。』

「……要本小姐……殺掉姊姊大人……」

第二次的沉默。

垂下臉龐沉默不語的愛麗絲，成了眾人眼中的焦點。

「本小姐——」

就在愛麗絲做好心理準備的那一刻。

有著粉金色頭髮的少女打斷愛麗絲的話打岔道：

「既、既然如此！本宮也要留在這裡！」

『哦？那是希絲蓓爾公主的聲音嗎？』

「正是本宮！」

希絲蓓爾按住了自己的胸口。

「伊莉蒂雅姊姊大人變了……不對，假如那是姊姊大人的本性，那身為妹妹的本宮就有阻止她的義務！」

『哦？』

天帝語氣雀躍地答腔道：

『妳的星靈不適合用來戰鬥，是打算特地赴死嗎？』

「就算不擅長戰鬥，本宮還是能提供支援。況且若要訂立阻止伊莉蒂雅姊姊大人的計畫……天帝，本宮認為你的意見比皇廳的任何人都還要來得可靠。」

『妳真聰明，這樣的理解是正確的。』

「實際上來說，你還需要本宮的力量吧？這也能在分析姊姊大人的力量方面派上用場。」

『這份決心值得讚賞，**和某個不乾不脆的第二公主大不相同呢**。』

「這是當然！」

第三公主胸有成竹地抬頭挺胸。

「本宮將會代替像個窩囊廢的愛麗絲姊姊大人……唔咕！」

「誰、誰、誰……誰是窩囊廢啦——！」

這回輪到愛麗絲出擊。

她以雙手按住得意洋洋的妹妹的臉頰，氣勢洶洶地瞪了過去。

「本小姐和妳不一樣！我只是做事之前會好好思考！」

「哦？姊姊大人，您該不會在害怕姊姊大人吧？」

「我才不怕呢……！好啦，本小姐知道了。」

愛麗絲用力地嘆了口氣。

她對燐使了個眼色，隨即瞪向手裡的通訊機。

「隨你要把本小姐帶到帝國的哪裡都行。不過你可要好好遵從待客之道，若是表現無禮，本小姐可是會鬧個天翻地覆喔。」

Intermission 「被扭曲拋下的荊棘」

1

帝都軍立第三醫院。

是這座帝都之中唯一一所「星靈症」專科醫院。

星靈術之中偶有極為罕見的「詛咒」、「洗腦」和「下毒」等症狀，由於使用者不多，因此治療也極為困難。

為此，配屬在這間醫院的醫生們，全都是對星靈症頗有研究的專科醫師。

在第二醫療大樓。

「好啦好啦，要忙起來了。畢竟這可是前所未見的星靈症啊。」

灑滿藍白色光芒的走廊上。

乳白色的磁磚上響起了快活的嗓音，一名身材消瘦的男子快步前行。而他的身旁有一名身穿白袍的助手——

「事發現場為第八國境關卡，時間約為七小時前。是這樣對吧，米卡艾拉？」

「是的。」

「犧牲者有三十九人。其中包含了負責守衛國境關卡的二十名帝國士兵，以及試圖入侵帝國境內的涅比利斯精銳士兵十九名。雙方全軍覆沒。共通的病徵是『原因不詳的昏睡』，以及**絕對無法醒轉**。到目前為止試過哪些手段了？」

「使用過噪音──其中包含了呼喚患者的姓名，也試過拍肩等來自外部的衝擊，亦試過投藥強行恢復意識的方法。但這些方法都以失敗告終。」

「做得好。」

聽到女醫務官米卡艾拉流暢的應答，讓消瘦男子滿意地點了點頭。

「那麼米卡艾拉，把病歷給我。」

「牛頓室長。」

「怎麼啦？」

「您手裡拿著的就是病歷。」

「哦？對喔對喔，因為一直在想事情，所以忘掉了呢。這就像明明戴著眼鏡，卻還是在找眼鏡的情境呢。」

被米卡艾拉這麼一提點，蓄著鬍子的室長隨即露出苦笑。

——使徒聖第十席。

研究室長卡隆索．牛頓爵士。

俗稱「最不健康的研究員」——正如他那對像一吹風就會斷折的胳膊所示，在以頂級戰鬥力掛帥的使徒聖之中，他是少數的非戰鬥人士。

「犯人是……始祖涅比利斯？」

「表面上是這麼報告的。我剛剛收到了璃灑大人的聯絡，事情的真相是八大使徒暗中研究的實驗體失控所致。精確來說，那個實驗體正是涅比利斯皇廳的第一公主伊莉蒂雅。」

「**未知的魔女**……是吧。」

牛頓室長沉吟道：

「很符合這次星靈症的症狀呢。過去沒有出過類似的例子，八大使徒在研究的，大概是超越現存魔女的魔女吧。在第八國境關卡遇襲的三十九人固然倒楣，但光是還有呼吸心跳，就稱得上走運了。」

「他們很走運嗎？」

「當然走運了。至少我會好好地診斷、研究這三十九人，並想辦法治好他們呢。」

消瘦的研究員攤開雙手，像在歌唱似的繼續說道。

這名男子——

在位於通道盡頭的某間房前停下了步伐。

「重點還是她呢。她是在目擊過伊莉蒂雅的力量後，唯一存活下來的證人。啊……雖然那三十九人也沒死，但能講話的只有一個人呢。」

「請您小心。」

如此說道的助手米卡艾拉堂而皇之地將手槍的槍套掛在腰間。

「對方是純血種。外貌看似年幼的少女，但依據璃灑大人的報告，以隻身的戰鬥力來說，她的危險性甚至與冰禍魔女匹敵。」

「我都要興奮起來了。真是美妙。」

「已經對她上了三雙封印星靈的手銬……然而純血種的力量究竟強大到何種地步，我等依然不得而知。雖然會以監視攝影機加強看守，只要展露出敵意或是異狀，便會允許開槍。」

「這個魔女的名字是？」

「根據報告——」

米卡艾拉將視線投向手邊的報告紙。

「她名為——琪辛。」

解開門鎖。

隨著「嘰……」的沉重聲音響起，厚重的金屬門緩緩敞開。

——這裡是魔女的偵訊室。

房間裡放了一張方桌，以及兩把做工簡陋的椅子。

天花板設置了三架監視攝影機，同時也在天花板與地板的四個角落安裝了星靈檢測器。

「打擾啦，可愛的小姐。」

牛頓室長和米卡艾拉走入室內。

這裡有一名黑髮少女。她坐在椅子上一動也不動。

少女有可愛的相貌，以及嬌小卻血色充沛的雙唇。若是在街上偶然遇見，她可愛的外表肯定會讓人回頭張望。

然而——

黑髮少女一直垂著臉。就算牛頓等人走入房間，也沒展現出一絲反應。

「身體狀況還好嗎？我等為了保護自己，不得不請妳戴上手銬，但假若妳有其他的要求，我們也會盡力配合。」

「————」

「而小姐妳大可安心，我等不打算加害於妳。聽起來很老套嗎？哎呀，我也不能否定這是種古典的懷柔手法。」

「────」

「讓我們回歸正題吧。帝國（我等）──希望妳能提供協助，小姐。」

牛頓坐到了椅子上。

他與少女（琪辛）隔桌對坐。

「你們試圖入侵帝國領地。但是剛剛抵達第八國境關卡，隨即就不幸地遇到了怪物。是這樣吧？」

「唔。」

抽搐──

黑髮少女微微發顫的反應，並沒有逃過牛頓室長的雙眼。

她在害怕。

讓帝國軍聞風喪膽的純血種，居然被怪物烙下嚴重的心靈創傷。

「妳應該見識過怪物展露的力量。」

「────」

「我等正在蒐集相關的資訊。畢竟為了救助昏倒的病患，我們需要這些線索。而當然，妳的同伴──星靈部隊也是我等的醫治對象。」

「…………同……伴……」

少女首次發出了聲音。

「…………叔父大人……」

「嗯？叔父大人指的是誰呢？」

「────」

「哦，是我太過冒昧。妳似乎不希望我打探得太深呢。」

牛頓室長故作誇張地清了清嗓子。

過了幾秒鐘後。

「小姐，妳的內心或許對於與帝國軍合作一事有所抗拒。不過呢，這件事並沒有妳想像得那麼嚴重喔。」

「────」

「這是一種戰略上的互惠（交易），只是雙方各取所需罷了。妳提供自己所知的魔女相關資訊，而我等則是以此為本，研發出能讓昏睡的人們康復的手段。妳的同伴將得以清醒，不覺得這是一件兩全其美的好事嗎？」

「────」

少女再次陷入了沉默。

有那麼一瞬間，她展露了害怕和少許的話語，但那只是一池泉水所漾出的一道漣漪。彷彿水面回歸了寧靜一般，少女的表情再次蒙上一層深邃的陰影。

她不打算開口。

不對，從她的反應來看，是連開口的意志都被磨耗殆盡了。

這時——

「喂喂喂！」

一道嘈雜的喊聲和腳步聲接近。

「打擾啦，小牛頓！」

只見一名打扮粗獷的女性士兵豪邁地踹開房門，走了進來。

她是使徒聖第三席「驟降風暴」——冥。

她有著蓬亂的長髮與曬得黝黑的肌膚，過長的虎牙則是從嘴唇底下露了出來。

從坦克背心戰鬥服露出的上臂，可以看出結實得宛如鋼鐵的肌肉。搭配閃閃發亮的雙眼，讓女子看起來就像大型的貓科肉食動物。

此時的冥露出神采飛揚的眼神。

「小牛頓！你真的抓到那個魔女了嗎！」

「唔？冥，真是稀客啊。妳居然翹掉天帝陛下的護衛任務，來到這種陰陽怪氣的小地方？」

「還不就是因為好奇嘛。還有，人家是來逗人的。」

她眉飛色舞地踏進偵訊室。

冥低頭看著銬上手銬、坐在椅子上的魔女，發出了「哇喔」的喊聲。

「我名爲琪辛・佐亞・涅比利斯九世。」

「就讓人家幫妳上一課吧，讓妳明白『驟降風暴』這個外號是怎麼來的。」

兩人是相互廝殺的關係。

在帝國軍執行襲擊涅比利斯王宮的作戰之際，與前往月之塔的冥展開一場死鬥的，正是眼前的琪辛。

兩人當時的打鬥以平手作收。不過——

「哎呀——嚇了人家一跳，是真貨呢。怎麼抓到她的？」

使徒聖窺探著宿敵魔女。

「好久不見啦，小姐。哎呀——那時候被打斷，真的很掃興呢。是說，妳居然在和人家分出高下之前就被抓了喔？還是說妳是刻意被捕，好和人家見上一面？」

「——」

年幼的魔女沒有回應。

她和剛才一樣，只是低著頭沉默不語。不過冥似乎對此毫不介意，打量琪辛的眼神甚至變得更為好奇。

「欸欸，快回答啦？妳就算被這種手銬銬住，也還是可以施放星靈術吧？妳和那些蝦兵蟹將不一樣——這點人家最清楚不過了。別裝得一副人畜無害的模樣，立刻對人家動手啊。欸——」

「————」

「喂喂，小姐，妳還在審度情勢啊？」

冥蹲低了身子。

她看似愉快地從下方探看著不肯抬頭的魔女臉孔。然而，牛頓和米卡艾拉很快就看到冥的表情漸漸變得陰鬱。

起初，冥看起來像感到詫異，其後則是逐漸變得不悅，最後——

轟！

她倏地揮出一拳，將眼前的桌子嵌進天花板。

「呀啊！」

助手米卡艾拉發出尖叫，縮起了身子。

「冥、冥……冥大人，您在做什麼呀！為什麼要把桌子打壞！」

「因為人家不爽。」

冥在起身的同時踢出一腳，將椅子踹成一團木屑。

桌椅的殘骸緩緩地落到米卡艾拉和牛頓的頭上。

「……無聊死了。」

冥低聲說道。

她露出冷淡的眼神，俯視著對眼前的破壞毫無反應的黑髮少女。

「已經被折了個稀巴爛啦。」

「嗯？」

「哦，小牛頓啊，你再怎麼偵訊她也沒用。她已經什麼也不剩了，沒有精力也沒有意志力，只是個空殼子……唉，真是白跑一趟。」

她刻意地嘆了口氣。

「就連逗弄的價值都沒有。掰掰啦，小牛頓，善後就交給你了。」

冥自顧自地說完，便轉過身子。

使徒聖第三席踏著略顯落寞的腳步，消失在走廊的另一端。

而十五分鐘後——

由於不管怎麼搭話，魔女都保持沉默，牛頓和米卡艾拉也不得不放棄交涉，離開了偵訊室。

2

夜晚緩緩落下。

將湛藍的蒼穹塗成黑色的夜幕，朝著地平線的盡頭鋪蓋而去。

月亮閃爍的時間。

小時候，自己被教導不需要害怕夜晚，因為在夜空閃爍的月亮會守護自己。

被月亮守護的一族。

這便是佐亞家——自己是這麼被教導的，也相信著這樣的說法活到今天。

……可是現在該怎麼辦呢？

……我已經沒辦法相信了。就算想相信，夜晚也可怕得讓人難以相信。

都是那傢伙害的。

「就讓你們聆聽星之鎮魂曲吧。」

「嗚！」

一道竄過全身上下的惡寒，讓琪辛微微顫抖了好一陣子。

又想起來了。

露家第一公主伊莉蒂雅……不對，是聲音和她一樣的怪物。

琪辛其實很清楚。

自己的特殊能力是「眼睛」。由於獲得了星紋寄宿在眼裡的罕見肉體特質，讓自己得以看見星靈能量的流動。

始祖大人：比任何人都還要巨大。氣勢驚人。暴風雨。

天帝：很小，但很廣闊。宛如連綿的山脈。

愛麗絲莉潔：很大。很漂亮。冰之花。

米澤曦比：很大。很華麗。太陽。

希絲蓓爾：很小。很微弱。螢火蟲的光芒。

其他的星靈部隊：非常小。各有不同。

但是**那傢伙**是最要不得的存在。從伊莉蒂雅全身上下噴出的力量並不是星靈能量，而是逐漸轉化為「某種東西」。

那是極為邪惡之物。

用「死神」或「惡夢」來形容或許更為貼切。光是看上一眼，就讓琪辛以為自己必死無疑。

然而——

自己卻活了下來。

為什麼？

因為自己很強嗎？並非如此。

因為有人幫助自己？

因為對方放過自己？

都不對。

是有人捨命相護的關係。

「………叔父大人。」

冰冷的地板。

琪辛在近乎一片漆黑的房間裡緩緩爬行。房間的角落設置了一張床鋪——上頭躺著一名配戴著呼吸器的男子。

男子的右半張臉有著嚴重的燙傷疤痕。

琪辛聽說，那是他年輕時與帝國軍交戰之際留下的傷痕。

那樣的疤痕太過觸目驚心，有著王室身分的男子由於必須拋頭露面，於是決定戴上華麗的假面遮掩傷疤。在那之後，他便以自嘲的口吻這麼自稱。

——假面卿。

如今他摘下假面，露出了真面目。

對他來說，自己的真面目被帝國軍看見，肯定是能讓他活活氣死的奇恥大辱。然而若是不摘下假面，就無法為他戴上呼吸器。

「…………叔父大人。」

琪辛輕撫著燒傷的疤痕。

琪辛，別這樣——他會不會為了阻止自己而清醒過來呢？琪辛雖然懷抱著微弱的希望，但也很清楚這只是自己的一廂情願。

他沒有睜開眼睛。

在那一瞬間，待在廣場的佐亞家精銳部隊應該會全數覆滅才對。

然而——

「就讓你們聆聽星之鎮魂曲吧。」

「琪辛，快逃！妳一定要————唔！」

假面卿昂的星靈為「門」。

在魔女伊莉蒂雅發動「星之鎮魂曲」的前一瞬，琪辛的面前出現了空間傳送門。

她就這麼失去意識……

在回神過來後，她才發現只有自己位於稍遠之處，而除了自己以外的人類全都倒臥在地。

「……嗚……為什麼……」

從喉嚨的深處發出了抽噎聲。

「……叔父大人……叔父大人您……是逃得了的吧……？」

既然能讓一個人逃出戰場。

那他大可獨自逃出生天。

「……叔父大人是為了救我……才選擇犧牲自己嗎……」

白日流逝。

夜晚降臨。

但就算再次迎接早晨，他肯定也不會睜開眼睛——永遠都會是如此。

「——對不起！」

情緒潰堤了。

散發著朦朧微光的少女，從眼裡流出大顆的淚珠。

「對不起……對不起對不起對不起…………都是因為我、因為我太弱的關係！叔父大人，您很難受吧？現在應該也很痛苦吧……我…………卻什麼事也做不到——！」

她知曉了自己的無力。

總是被人讚揚擁有強悍星靈、擁有成王器量的少女，在今天痛切地明白了自己是多麼無力的存在。

然後——

她察覺到另一件事。

「……叔父大人……我這下明白了……原來這世上還有這麼恐怖的事……」

害怕怪物的存在？

還是害怕面對死亡的降臨？

都不是。

「孤伶伶的感覺……好可怕……」

假面卿倒臥不起。

就算呼喚他的名字、觸碰臉上的疤痕，他也不會睜開眼睛。他已經不會再呼喊自己的名字，也不會撫摸自己的腦袋了。

在察覺到這一點的時候，琪辛明白了。

比起察覺打不過魔女伊莉蒂雅時所感受到的絕望——

比起面臨死亡的恐懼——

「我更害怕孤身一人。我不想活在沒有叔父大人的世界呀……」

比起死亡和其他東西還可怕。

必須孤身一人走完這一生的孤獨感，才是真正的痛苦。她明白了這一點。

「……叔父大人，您或許會感到生氣。」

琪辛握住了失去假面的他的手掌。

以仍在打顫的雙手用力地握緊。

「我的力量並沒有強大到可以做出選擇。不管用上何種手段……我都想為叔父大人報一箭之仇。」

烏雲散去。

監控房裡映入月光，而月之公主在此時抬起臉龐。

Chapter.5　「愛麗絲不曉得的關係」

1

運輸直昇機的內部——

在飛往帝都的直昇機艙房裡，璃灑突然招了招手。

「小米、小伊、陣陣、小音音，咱有重要的事要說，你們過來一下。」

「我已經見怪不怪了。」

陣最先起身。

「我可從來沒聽妳講過什麼『重要的事』。就連看到天帝真面目的時候，妳也是一副波瀾不驚的樣子啊……是很糟糕的消息嗎？」

「對對。咱得先說在前，這是一則壞消息喔。」

璃灑聳了聳肩。

平時給人爽朗印象的這個動作，卻在此時散發精疲力竭的氛圍。

「咱就先問問小米吧。妳覺得真正的魔女為帝國帶來了多大的災害？」

「咦？呃……」

米司蜜絲隊長當場思索起來。

「支配帝國議會的八大使徒消失了……所以帝國高層陷入一片混亂？」

「嗯，說對一個。」

「還有就是第八國境關卡的駐紮部隊全軍覆沒，所以帝國軍的損失也不小。」

「這個錯了一半。」

「……咦？」

「不是損失不小，而是受到巨大的打擊，說是損失慘重也不為過。天帝陛下之所以急著趕回帝都，也和處理這方面的事情有關呢。」

璃灑看向直昇機的窗外。

她俯視著帝國的街景。

「下一題就問小伊好了。」

「……是什麼問題呢？」

「真正的魔女去了位於帝都地下五千公尺處的帝國議會，和八大使徒大打出手。咱們都透過希絲蓓爾公主的『燈』看到了前因後果對吧？」

「是的。」

「你有沒有覺得哪邊不對勁？比方說，真正的魔女居然能深入到地下五千公尺的位置。由於她已經不是人類了，或許有辦法穿透岩層吧。**那麼，你覺得她是從哪裡下潛的？**」

「咦，這當然是從地面——」

他只說了一半就停住了。

伊思卡並不是故意只把話說一半，而是大腦在開口的瞬間閃過了「一個可能性」，這讓他的喉嚨痙攣起來，聲音也變得沙啞。

若想抵達帝國議會，只能從地面一路深入地底。

這是理所當然的。

……但反過來思考看看。

……**帝國議會正上方是什麼**？

不需要思考這個問題。

畢竟被八大使徒傳喚的時候，自己總是從帝國軍的基地——

「……中央基地。」

「沒錯，是第九〇七部隊的各位平日用以演習或開會的基地。真正的魔女是從那裡入侵的。那麼，一個打算摧毀帝國和皇廳的壞蛋，有可能在經過中央基地的時候不動任何手腳嗎？」

「…………」

黏稠的汗水滑過了臉頰。

就算再怎麼不甘願，他還是聯想起第八國境關卡的慘劇。

對於入侵中央基地的真正魔女來說，駐紮在該地的數千名帝國士兵都是她的獵物。

一旦看到了獵物，接下來採取的行動就是——

「…………璃灑，這是騙人的吧？」

雙唇打顫的米司蜜絲隊長，這麼開口問道：

「……難道說……中央基地的人們也……」

「兩成。」

璃灑的回應簡潔無比。

「真正的魔女入侵中央基地時，當時基地的人數大約是全體的六成。其他四成不是像咱那樣收到外派任務，就是出差不在崗位上。然後……實際上與真正的魔女交戰的士兵雖然只有數十人左右，但受害者的數量遠不只如此。**他們是被無端捲入的**。」

真正的魔女釋出了不明所以的力量。

那股力量像是化作衝擊波，在中央基地一帶散播開來。結果，就連沒有參與迎戰真正魔女的士兵們都成了犧牲者。

「症狀還是老樣子，都是陷入睜不開眼的昏睡狀態。」

「這就占了兩成啊。」

陣坐回位子上，深深地嘆了口氣。

「一般而言，組織的成員一旦失去三成，就會讓組織陷入癱瘓狀態，若換作是上戰場，那等同於『全軍覆沒』了。使徒聖大人，失去兩成的狀況又是如何？」

「陷入天大的混亂之中，只差一點就要癱瘓了。」

璃灑苦笑著。

她的話聲帶著前所未見的焦躁。

「這兩成之中自然也包括幹部和隊長等長官，命令系統也幾乎要失靈了。哎，之所以會講這個，是希望你們在看到基地的狀況後不要太吃驚啦。」

才剛這麼說完——

帝國軍的中央基地，便映入了璃灑看向地表的視野之中。

2

中央基地。

伊思卡在走下直昇機後，看到的是和以往沒什麼不同的基地。

沒被破壞、沒被縱火、沒留下傷痕……根本看不到肉眼可見的損傷。基地的外牆可說是毫髮無傷，演習場的草地也是一片青翠，腹地角落甚至開出了花朵。

唯一的不同——

在於基地的腹地裡幾乎看不到人。

「先前為了醫治和搬運陷入昏睡狀態的傷患，可是鬧得不可開交呢。能動的人則是協助聯絡或是參與會議，忙得焦頭爛額。現在還在基地外閒晃的不是摸魚的士兵，就是皇廳的密探。無論是哪一種，都得迅速逮捕歸案才行。」

「……這麼誇張啊。」

璃灑在腹地裡前行。

伊思卡走在她的身旁，持續環顧周遭的狀況。

平時總是有軍用車輛熙來攘往的車道，如今卻空蕩得宛如行人步道。

「還有八大使徒的消滅，也在各方面留下了後患呢。」

璃灑微微苦笑著。

「不是有以毒攻毒一說嗎？正是因為有那些惡貫滿盈的傢伙在打點秩序，底下的壞蛋們才不敢輕舉妄動。而在八大使徒消失之後，懷抱野心的帝國議員和罪犯們，肯定會趁著這個大好時機有所行動。這說不定會在短期內影響到帝都的治安呢。」

「璃灑小姐，也就是說……」

「嗯？」

「我只是假設喔，如果涅比利斯皇廳在這種情況下揮兵進攻……」

「那可就大難臨頭啦。就算帝都不至於淪陷，大概也會失去好幾個州和都市吧？」

這樣的推測絕對不算誇張。

帝國高層陷入了混亂。

帝國軍的兵力也折損不少，以現在的狀況來說，最好還是避免和皇廳交戰。

「咱想小伊應該已經發現了。總之，陛下之所以想把那對魔女姊妹留在帝都，也是因為有這方面的考量喔。」

「……我想她們大概也明白這一點。」

愛麗絲和希絲蓓爾兩位公主。

只要她們還滯留在帝國一天，皇廳就不敢魯莽出手。這便是天帝的盤算。

「作為人質來說，她們其實是有些危險的人選……」

「所以要拜託小伊啦。」

璃灑走在草坪上頭。

「若要看守那對公主，那至少也得撥出三名使徒聖才算妥當。但現在的使徒聖光是協助司令部重整命令系統，就已經忙得分身乏術了。再加上咱們家的第一席也溜之大吉了呢。空缺的一席該如何填補，也是眼下相當迫切的問題。如此這般！」

璃灑驀地煞住腳步。

她指向天守府的方向。

「那三個魔女都會待在天守府，阿伊，你就負責看守她們吧！」

「她們被安置在天守府？要是在那裡鬧事，豈不是會變成一大問題……」

「還有其他的地方能藏匿她們嗎？帝國軍接納涅比利斯皇廳魔女的消息一旦傳出去，可是會天下大亂喔？」

「……話是這麼說沒錯。」

「喏，快去快去。趁著魔女們還沒滋事之前，趕快去把韁繩握在手中。」

說得太輕鬆了吧。

伊思卡將這句呢喃化為嘆息，轉身背對璃灑。

通稱「無窗大樓」。

這裡既是天守府，也是天帝詠梅倫根用以隱居的宮殿。

而在入口和眾人會合後——

「我們四個好像被調到機構第一師了。」

「啥？」

聽到陣開口說出的第一句話，伊思卡不禁回了一句：

「陣，你再說一次。」

「我們——隸屬機構第三師的第九〇七部隊，自本日正午轉調於機構第一師。畢竟要是頂著第三師的頭銜出入天守府，可是會被其他同僚懷疑啊。」

「…………」

「使徒聖大人該不會沒和你說吧？這是她的提案喔。」

「她一個字也沒提。」

哈哈——他不禁露出苦笑。

……璃灑小姐絕對不是那種會忘記交代的人。

……大概是故意不說，想給我一個驚喜吧。

己方一行人隸屬於機構第三師。

第三師是會被外派到邊境地帶的支援部隊。先前在尼烏路卡樹海和謬多爾峽谷進行的任務，就屬於典型的例子。

第一師是帝國高層的專任守護部隊。

簡單來說，就是菁英中的菁英所組成的部隊。

「我們不只隸屬於第一師，還是『天帝警備部隊』呢。而我們的指揮官也不是司令部，而是直接聽令於使徒聖。有了這個身分，就能大大方方地出入天守府了。」

「璃灑小姐變成我們的上司了？」

「就是這麼回事。以帝國軍的階級來說，我們這次可是一飛衝天了呢。雖然我一點也不想升官就是了。」

陣拿出身分證靠近門扉。

隨著「嗶」的一聲響起，天守府的大門緩緩打開——光是這樣的景象就讓人難以置信了。

這是以第三師的權限絕對無法打開的大門。

看來一行人是真的已經轉調到第一師了。

「……隊長已經進去了？」

「她人在帝國司令部。似乎被交代要在三小時內辦完我們四人的異動手續。由於隊長一個人肯定忙不過來，所以我叫音音陪她一起去。」

「哦，難怪她們兩個都不在這裡。」

「接下來還得等個兩小時，所以我們先去裡面等吧。」

前往天守府內部——

其實在幾個小時之前，他們就已經來過這棟大樓了。但當時是在璃灑的帶路下才得以進入，如今則是以天帝警備部隊的身分造訪。

空無一人的走廊。

就是環顧這條數十公尺長的走廊，也看不到在上頭行走的人影。

叩……叩……

走廊上唯有伊思卡與陣的腳步聲響起。完全看不到警備員和事務人員。

就在伊思卡這麼認為的時候——

「哦？原來是熟面孔啊。」

只見一名打扮粗獷的女士兵在走廊的正中央盤腿而坐。

她是使徒聖第三席「驟降風暴」——冥。對於過去曾是使徒聖末席的伊思卡來說，對方算是自己的前同事。

「……冥小姐，那個……好久不見了。」

「欸，小伊思卡啊。」

冥在看了自己一眼後，突然深深地嘆了一口氣。

她以無精打采的口吻說道：

「沒人奉陪真的很無趣呢。」

「什麼？」

「……業務報告。天守府的警備由人家、第二席和璃灑三人負責指揮。所以說你們都得聽從人家的指揮工作……唉……」

「第二席人呢？」

「那傢伙在天守府外圍待命。畢竟那人比人家還討厭魔女呀。儘管是天帝陛下開了特例帶來的魔女，但只要一看到對方，那人肯定會二話不說地動手呢。所以陛下命令第二席負責外圍的警備。因此內部的警備就由咱們幾個包辦了……唉……」

冥接連嘆了好幾口氣。

「人家現在的心情超級低落。小伊思卡，你不是第一次來天守府吧？人家就不幫你帶路了，你自己去吧。」

「……我明白了。」

坐在地上的冥連頭也沒回。

伊思卡走過了由玻璃打造的走廊，在繼續前進之後——

便來到四重塔的最上層「非想非非想天」。

在踏入室內的那一瞬間，一股刺鼻的草味隨即竄入鼻腔。

天帝謁見廳。

他才剛踏進以紅色為基調的大廳一步——

「喂，天帝！這到底是怎麼回事！」

就聽到燐的怒吼聲迴盪四下。

「你不是說過會改裝天守府（這裡）四樓的辦公室，作為愛麗絲大人和希絲蓓爾大人的寢室嗎！」

『是呀。梅倫不是任命妳為裝潢總監，要妳自己打點處理嗎？』

躺在榻榻米上頭的天帝像嫌煩似的睜開眼睛。

『妳也看過白天的那場戰鬥吧？梅倫現在的狀況很糟，讓梅倫睡一下啦。』

「我為愛麗絲大人訂的衣櫥還沒送過來呀！」

『梅倫已經去催了啦。』

他打了個大大的呵欠。

『聽懂了嗎？懂了的話，梅倫就要睡——』

「天帝！天帝！本宮的娃娃到哪兒去了！」

接著，希絲蓓爾也參一腳。

她跑到半瞇著眼的銀色獸人身旁。

「要是沒有娃娃，本宮會睡不著覺！本宮可以訂購幾隻娃娃嗎！」

『……隨妳便。』

「那本宮可以訂購地毯和沙發嗎！」

『…………梅倫要睡了。』

「啊！喂，別睡啦！本宮的話還沒講完呢！」

獸人蜷縮起身子，進入夢鄉。

陣看著希絲蓓爾搖晃天帝肩膀的光景，嘟囔了一句：「她是吵著要買寵物的小孩子嗎？」而伊思卡也有同感。

「那麼伊思卡，你要怎麼做？」

「什麼怎麼做？」

「我們包辦了看守她們三個的任務，其中兩個出現在這裡，還有一個沒現身。你要拿那傢伙怎麼辦？雖然我不覺得她是沒人監視就會伺機使壞的傢伙啦。」

「……是愛麗絲莉潔公主對吧。我認為不特別盯梢也沒問題。」

愛麗絲——

他差點就喊出了平時慣用的暱稱，但這當然得向陣保密。

「那我去一趟。陣，麻煩你在這裡看好希絲蓓爾和燐了。」

「你沒問題嗎？」

「我不覺得她會鬧事啦。要是有什麼狀況，我會立刻聯絡。」

伊思卡側眼看著還在喧鬧的燐和希絲蓓爾。

隨即走出了天帝謁見廳。

3

天守府四樓的其中一個區域——

在寫有「翡翠之間」的大型房間的角落。

愛麗絲縮著身子，正無言地仰望著天花板。

「…………」

欲振乏力的感覺湧上心頭。

怎麼回事？

這種從未體會過的失落感，究竟是怎麼一回事？

「當務之急乃是打垮帝國。本小姐會摧毀那個國家，創造一個無人會遭受迫害的世界。」

她一直描繪著這樣的夢想。

只要打垮帝國，就會誕生出星靈使不受迫害的世界。

明明如此——

「要是眞能打敗帝國，那首居其功的，便是強大的星靈使對吧？」

「既然如此，下一個到來的時代，豈不是會更加崇尚強大的星靈使？弱小的星靈使將會更難在這世上自處。」

她被點出了這個夢想的矛盾之處。

涅比利斯皇廳這個國家，雖然義正辭嚴地高舉打垮帝國的「正義」大旗，卻也因而產生了對星靈使有差別待遇的陰暗面。

皇廳裡也存在著受到欺凌的星靈使。

即便真能打垮帝國，這樣的現實也不會有所改變，不如說會更加惡化。

自己沒能反駁那樣的話語。

當然了，她並不覺得姊姊的說詞完全正確。但有那麼一瞬間，姊姊的話語確實讓她的內心閃過「說不定真是如此」的念頭，也因而讓她說不出話來。

這讓她感到很不甘心。

她早就知道了。

自己比不過伊莉蒂雅這個姊姊。

她不僅有著絕頂聰明的腦袋，在美貌、氣質、教養和社交方面也都凌駕於自己之上。

姊姊擁有一切。與之相比自己（愛麗絲）唯一的可取之處只有星靈而已。而如今，姊姊也獲得了比星靈更為強大的力量。

…………

……不過，真的是如此嗎？

愛麗絲，妳真的是為此感到不甘心嗎？

不對吧？

最讓自己受到打擊的那句話是——

「妳總是孤軍奮戰。」

「愛麗絲，妳的身旁可有『能與妳並肩作戰的騎士』存在？」

不是才能，不是感性，也不是理想。

這句話才是真正讓愛麗絲感受到自己比不上她的瞬間。

……本小姐總是孤軍奮戰？

……應該……沒這回事。

自己不是一個人。不僅有女王(母親)和燐的支持，也有許多部下仰慕自己。

不過——

姊姊講的**並不是這回事**。

無論是家人還是隨從，都與姊姊口中的「騎士」相去甚遠。根據她的說法，不管時代如何流轉，騎士總是守護公主的象徵。

她對這點感到不明白。

「……姊姊大人……說的究竟是什麼呢……？」

她從未設想過自己被人保護的情境。

因為自己是公主，得比任何人強大，守護所有人更是自己的理想。也因此她想變得更強。

但這樣的決心——

卻被澈底顛覆了。

「因爲妳太過強大，而且總是孤軍奮戰。」

「所以妳的身旁沒有騎士，而這就是妳贏不了我的理由。」

姊姊的身旁確實有騎士陪伴。

她擁有帝國的使徒聖這般最強的護衛。自己雖然不是很懂，但仍舊感受到兩人是以深厚的信任締結了牢不可破的羈絆。

……若是將那名護衛稱之為騎士。

……那現在的本小姐確實……

強大的力量。

強大的騎士。

面對兩者皆備的姊姊，自己究竟該怎麼面對她——

「唔！」

咚——

聽到突如其來的敲門聲，愛麗絲嚇得抬起臉龐。

應該是燐或希絲蓓爾吧——自己迷迷糊糊地這麼想著。但在一瞬之後，愛麗絲忍不住痛斥起輕忽大意的自己。

踏入房間的，是一名身為帝國士兵的少年。

「……伊思卡？」

在踏入房間一步後——

他發現招待來賓的床鋪和衣櫥還沒搬進來。在這間未經裝潢的空蕩蕩房間裡有著她（愛麗絲）的身影。

她蹲坐在廣闊房間的一處角落。

「……伊思卡？」

她連忙起身。

在察覺到她睜著一對紅腫的雙眼時，伊思卡連忙找了個藉口：

「啊……不，我不是故意的……抱歉，那個……因為我有職務在身。」

愛麗絲在哭？

他覺得自己像偷看到不該看的東西，作為看守的義務感登時薄弱了幾分，取而代之的是擅闖異性房間時萌生的罪惡感。

「為什麼是你在道歉啦。」

愛麗絲擠出一個虛弱的微笑。

她用指尖迅速拂過自己紅腫的眼角。

「這裡是帝國的領地，而且還是天帝的住處對吧？派遣實力高超的士兵看守冰禍魔女，自然是天經地義的道理。」

「……謝謝妳這麼通情達理。」

「因為本小姐很清楚自己的立場呢。」

愛麗絲嘆了口氣。

她收起先前柔弱的表情，露出了一如既往堅強且可愛的眼神。

「天帝向我保證過，說會保障燐和希絲蓓爾的人身安全。只要天帝信守承諾，那本小姐也會表現得安分守己。」

她的目的是從天帝口中打聽姊姊伊莉蒂雅轉變的前因後果。

……以及打敗姊姊。

……因為姊姊她打算毀滅皇廳。

愛麗絲應該只會在這裡待上幾天。

在這段期間，負責監視她們的，應該就是調動到機構第一師的第九○七部隊吧。

不過伊思卡感到在意。

愛麗絲的眼角為什麼會腫起來？

為了不讓愛麗絲察覺有異，伊思卡只簡短地思考一會兒，隨即得出了「身為公主卻被帝國囚禁，讓她感到很屈辱」的答案。

……身為皇廳的公主，愛麗絲也有自己的尊嚴。

……她現在被帝國囚禁起來。若是覺得自己淪為籠中鳥，那會感到不甘心也是理所當然。

自己認為這是一個說得通的理由。

「天帝陛下和璃灑小姐都有特別交代。」

伊思卡面對她。

儘可能選用溫和的詞彙。

「他們會將愛麗絲當作客人看待。所以，那個……我希望妳不會感到不愉快。」

「────」

愛麗絲安靜了下來。

不過她隨即微微揚起嘴角，輕聲笑了。

「這是你安慰別人的方式嗎？」

「咦？不……我只是……」

「不是那樣啦。」

少女的嗓音微微顫抖著。

紅寶石般的雙眼看向地板。

「姊姊大人對我說，本小姐總是孤身一人。」

「孤身一人？那是什麼意思？不是有燐在嗎？」

「不對，姊姊大人想說的是──唔……！算、算了，沒事！」

少女驀地睜大雙眼。

不知為何，她的臉頰逐漸變得通紅。

「我哪對你說得出口呀！」

「妳不是已經說了一半嗎？」

「這是本小姐的事！因、因為，那個……要是對你傾訴這件事……」

「要是傾訴這件事？」

「我哪說得出口啦！」

「結果到底是要說還是不說啊！」

對於伊思卡來說，他愈聽愈迷糊了。

伊思卡雖然察覺到愛麗絲鬱鬱寡歡的理由與伊莉蒂雅有關，但她不知為何就是不肯坦白。

「這都什麼跟什麼啦……奇怪？」

通訊機收到了來電。

打來的不是陣，而是米司蜜絲隊長。

『阿伊，出大事了！』

「隊長，發生什麼事了？」

『聽說愛麗絲小姐正在中央基地大鬧呢！』

「啥？」

他以為自己聽錯了。

『她現在在中央基地的室內演習場！好像還挾持了幾名士兵作為人質負隅頑抗！』

「等等，隊長——」

『要立刻趕過來喔！』

「可是她現在就在我眼前，被我看守著啊。」

『……奇怪？』

即使隔著通訊機，伊思卡也能想像出米司蜜絲隊長側首不解的模樣。

「阿伊，你在看守她？」

「是啊，您剛剛說的那些話，她也都聽見了。」

伊思卡側眼看去，只見愛麗絲無言地指著自己，像在說：「本小姐明明就待在這裡呀……」

『唔！難道是搞錯人了？』

「搞錯人是怎麼回事？說起來為什麼會認為是愛麗絲下的手……」

『人家是收到司令部的緊急聯絡啦！說是俘虜的魔女大鬧一番，逃出了留置設施。而且對方還提到犯人是純血種，人家就以為是愛麗絲小姐……』

「不是愛麗絲喔，是別人吧。」

那會是誰？

如果司令部的訊息可信，那麼犯人是一名受到拘捕的純血種。但被逮捕的佐亞家精銳部隊，理應都呈現昏睡狀態才對——

「唔，不會吧！」

不是有這麼一號人物嗎？

在全軍覆沒的佐亞家精銳部隊之中，唯一一個逃過一劫的純血種。

「隊長！」

他對著通訊機喊道。

「我馬上過去！快讓其他士兵撤退！」

『咦？沒、沒問題嗎？』

「正如隊長所言，對方確實是危險的純血種。戰車和導彈都無法奏效，只會折損兵力、徒增傷亡罷了！」

棘之星靈使琪辛。

她雖然是與假面卿等人一同被送進了醫院，但對於那名少女的力量來說，無論是鋼鐵製的大門或是隔離牆，都等同於無物。

「居然挑在這種時候……！」

伊思卡手握通訊機，轉過了身子。

一瞬間——在背對愛麗絲之前，伊思卡隱約覺得她正以欲言又止的神情凝視著自己。

但伊思卡已經無暇確認此事，就這麼衝出房間。

——

他跑走了。

只留下本小姐一個人待在房間。

雖然想提醒他不該放任冰禍魔女這等危險的敵人不管，但這也是他信任我的表現吧。

「…………」

聽不見腳步聲了。

不過他的氣息原本就安靜得讓人訝異。記得燐以前似乎也說過類似的話，但此時的他已然遠去，就連氣息都沒有留下。

又再次孤身一人。

被留在房裡的愛麗絲，再次回憶起姊姊的話語。

「那是一段關於魔女和騎士的故事。」

「這就是我們的不同——我的身旁有騎士。」

愛麗絲背靠著牆，按住胸口。

她不甘心地咬住臼齒。

從喉嚨深處擠出的話語是——

「……本小姐……哪說得出口呀……」

就在剛才。

愛麗絲就算割裂了嘴，也沒辦法對他（伊思卡）說出口。

姊姊對自己說過的話語。

——魔女需要一個守護自己的騎士。

在看到他臉龐的瞬間。

腦海的某處萌生出「或許有可能實現的未來」的光景。

……在剛剛那一瞬間，本小姐若是對他說出「希望你能和我一同戰鬥」？

……倘若開口要求他成為我的騎士？

雖然是一廂情願的願望——

如果是他，說不定真的能和自己並肩作戰。愛麗絲萌生了這樣的想法。

也因為如此，她開不了口。

這會結束現有的關係。

一旦期望與他形成並肩作戰的合作關係，想必會連帶改變許多東西吧。

魔女與騎士的關係。

而在這樣的關係成立的瞬間——

我們就不再是認可彼此的勁敵了。

她害怕這一點。

一想到如此愉快的關係可能會毀於一旦，愛麗絲就不禁在他面前心生恐懼。

「…………」

她豎起膝蓋，將額頭貼了上去。

「……本小姐哪說得出口呀。」

愛麗絲以細若蚊鳴的音量這麼低喃。

4

夜風持續變強。

伊思卡在夕陽時分抵達中央基地。當時吹來的風還只是稍稍撫平草坪的微風，如今的風速已經增強到能把樹木吹得傾斜。

「……是這裡嗎！」

在太陽西沉之際。

黑暗的烏雲覆蓋了整片天空，而一棟燈火通明的大型兩層樓建築物映入伊思卡的視野。

「唔！」

帝國軍的室內演習場。

看到大門被消滅得不留痕跡，讓伊思卡倒抽一口氣。

無論是門扉、鑰匙、監視攝影機和周遭的牆壁，都像被巨大的橡皮擦擦過似的不留痕跡。

是棘之星靈抹消物質的能力。

看到這極其凶殘的破壞力，讓他再次認知到純血種的威脅有多強大。一旦碰上這樣的星靈，帝國軍的各處要塞將變得形同虛設。

……我和她交手的時候，還是在野外的峽谷之中。

……雖然上次就知道了，若是讓這個星靈在大都會裡肆虐，可是會完蛋的！

演習場內部——

這裡將廣大的荒野環境如實重現。

可以看到灰色的沙子和堅硬岩層形成的斜坡。

幾顆伊思卡必須仰望的大石頭連綿在一起，描繪出山岳般的景色。

「——我等很久了。」

嬌柔的嗓音響徹四下。

伊思卡回頭看去，只見室內演習場的天花板漂亮地開出一個大洞，能從中窺見夜空的模樣。

月光灑落。

而少女正背對月亮而立。

「我名為琪辛·佐亞·涅比利斯九世。」

黑髮少女轉頭看來。

她的臉上沒有眼罩。寄宿著星靈的雙眸淺淺地發出光芒。

「眾人都稱我為琪辛。」

「這我知道。」

「不公平。」

「……？」

兩人視線相抵，維持了大約數十秒的沉默。之後伊思卡總算意會到對方的意思是「快報上你的名來」。

「是要我自報姓名的意思嗎？」

「請引以為榮吧。我還是第一次記住叔父大人以外的名字。」

「……伊思卡。」

「那麼，伊思卡。」

少女攤開雙手。

嗡嗡——宛如昆蟲振翅般的氣息傳過來。無數黑針顯現在棘之純血種琪辛的頭頂上方，覆蓋了演習場的天花板。

「和我一同發動戰爭吧。」

Chapter.6 「就算月亮已然破碎」

那是可用魔幻一詞來形容的光景。

黑髮少女受到藍白色月光的照映，顯現出朦朧的身影。

看起來嬌柔而易碎。

然而——

自己（伊思卡）非常清楚，在她周遭出現的無數「荊棘」，具備了和這般形象天差地別的可怕威力。

「戰爭是什麼意思？」

「我是星靈使，而你是帝國士兵，一旦我倆碰面，自然就會打響戰爭了吧？」

「…………」

「有件事你大可放心。」

棘之純血種琪辛睜著閃爍的眸子，筆直地凝視自己。

「在你抵達這裡之前，我並沒有傷害任何一名帝國士兵。但建築物確實略有毀損。」

「唔！」

他懷疑起自己的耳朵。

沒想到皇廳的純血種居然會說出這樣的話語。

「……就算想擾亂我的思緒，我也很快就能確認話語的真偽。」

「我不會說謊。因為叔父大人從小就教導我不能說謊。」

「那麼，妳為何要這麼做？」

「因為我的目標只有你一個人。」

是打算復仇嗎？

伊思卡想起了在謬多爾峽谷爭奪星脈噴泉的那場戰鬥。她是為了報一箭之仇，才會刻意挑上自己嗎？

……不對，這顯然說不通。

……就算真的是以我為目標，也沒必要讓其他的帝國士兵遠離這場戰鬥。

不懂她真正的想法。

而最為棘手的部分在於琪辛的言行舉止。和愛麗絲或者燐不一樣，就算進入戰鬥狀態，這名少女也幾乎保持著一張撲克臉，沒辦法讀出她的情緒。

「妳的目的是……」

「**能力解放**。」

荊棘匯聚起來。

數千根荊棘在空中凝縮成一個黑點，從中顯現出某個物體。

「**再結合**。」

「唔！」

棘之星靈術的隱藏王牌。

能夠將最後分解、消滅的物體重新結合。在謬多爾峽谷一戰，琪辛就透過再結合重現出帝國軍的短程導彈，引發一場大爆炸。

「是預先消滅掉特定的物體嗎！」

伊思卡沒有任何猶豫，使出渾身解數朝後方飛退。

這裡是帝國軍的基地，倉庫裡自然收納了各種威力強大的爆裂物。琪辛若是事先奪走這些物品——

要小心爆炸和烈焰。

就在伊思卡認定對方會以火焰作為攻擊手段，並擺出備戰姿勢的時候。

……叩咚叩咚。

在他眼前的地面上滾動的，是一個拳頭大小的投擲物品，而那並不是爆裂物——

「是閃光手榴彈！」

被擺了一道。

以為對方會使用爆裂物的伊思卡凝視著那個物體——就在明白自己中了圈套的同時，透過再結合製造的十顆閃光手榴彈一同炸開。

閃光與爆炸聲。

在極近距離被強烈的光之洪水吞噬，讓伊思卡的視野染上一片空白。

——沒想到。

如此強大的星靈使居然反其道而行，選用了障眼法作為手段。

「你躲得過火焰和爆炸，所以我想了很多。後來我試著想像換作是昂叔父大人的話，會用什麼樣的手段解決你——然後就得出了答案。」

「……唔！」

伊思卡對於琪辛這個純血種的印象，有了一百八十度的轉變。

她和愛麗絲與始祖不同。

這名少女是會用「計策」的純血種。其智謀甚至不在假面卿之下——

「星靈擴張。」

原本呈凝縮狀態的荊棘向外彈開。

數以千計的荊棘再次分化，形成數以萬計的細刺，填滿室內演習場的上空。

「化為星星吧。」

在間隔一瞬之後——

停滯在空中的荊棘，朝著地面傾注而下。

流星雨。

在猛烈的加速下砸落的星靈荊棘，接連刺中了演習場裡的所有物體。

一旦刺中巨岩，巨岩就會消滅。

一旦刺中牆壁，牆壁將會開出一個大洞。

一旦刺中地面，地面便會迸出缽狀的巨坑。

一切都會遭到分解。

不過能斬斷星靈術本身的星劍是唯一的例外。

「喝！」

伊思卡朝著灑落的荊棘踏出一步。

他就地轉了一圈。

細針從斜上方落下，而伊思卡看準了針與針之間約莫數十公分的空隙，迅捷無倫地穿梭而過。他的腳步連一個瞬間都沒有停下。

從正面射來的針，則是用黑劍一刀兩斷。

至於從頭頂上方的死角落下的細針，被伊思卡頭也不回地用黑劍打落。

「騙人……」

黑髮少女向後退去。

她露出飽受震懾的表情，就像看到了難以置信的光景。

「你的眼睛看得見嗎？」

「**現在總算恢復了**。」

「———唔！」

「這如果是我第一次對付荊棘，那早就被妳擊中了。」

閃光手榴彈的強光奪走伊思卡的視覺。

原本一片模糊的視野，到了此刻才總算變得清晰。

無數荊棘接連落下。

若要比喻，就像被無數的機關槍從空中掃射。

——但射手只有琪辛一人。

所以伊思卡向前疾奔。

假如琪辛能操控荊棘子彈，那只要以琪辛來不及瞄準的速度持續飛奔即可。

因此她射不中伊思卡。

因為在琪辛瞄準伊思卡射出荊棘的那一瞬間，伊思卡早已衝刺到更前方的位置。

「……別過來！」

琪辛的話聲顯得有些僵硬。

她將雙手向前一伸，拚了命地想擠出微弱的嗓音。

「棘之行進，『森羅萬————』」

「住手。」

「唔唔——！」

少女重重地抽搐了一下。

有某個堅硬的物體抵住自己的脖子。在星靈術發動之前衝入懷中的伊思卡，以黑色的劍尖抵住了自己。

但星靈之棘依然飄浮在半空。

「把星靈術停下。」

「我有事想問你。」

「現在提條件的是我。」

「你能打贏伊莉蒂雅嗎？」

「……妳說什麼？」

「我投降。」

就在持劍抵著琪辛的伊思卡眼前。

原本在他頭頂上盤旋的荊棘無力地落到地上。數以千計的荊棘並沒有就此消失，而是井然有序地在地面上整隊成伍。

「我一直很想親眼確認你的強大。請原諒我的失禮。」

投降的證明——

就像軍人主動拋下槍枝，表示自己再無抵抗能力似的。

「伊思卡，我要向你提出一項戰略上的互惠（交易）。」

黑髮少女蹲下身子。

她單膝跪地，垂下脖頸。

「請和我一起打敗那個魔女（伊莉蒂雅）。我會為此獻上自己所有的荊棘。」

Epilogue 「天帝（你）所看見的夢」

詠梅倫根作了個夢。

這是夢境。

即使明白這一點也無從抵抗，這是一場不允許醒來的惡夢。

所以他察覺到了。

這正是星靈想展示給自己看的預知夢。

逐漸下墜。

在夢境之中——

詠梅倫根正朝著數百——甚至是數千公尺深的地底下沉沒。

像沉入昏黑的海洋似的。

地上的柏油路、岩層、岩石、熔岩等所有事物都被自己穿透而過，朝著地底深處下潛。

『克洛！』

他害怕地喊出這個名字。

孤伶伶地朝著漆黑的地底下沉讓他感到害怕，於是他朝著地面伸出手。

『克洛！梅倫在這裡，快來救梅倫呀……！』

沒有回應。

自己最信任的男子並沒有趕到現場。

這也是理所當然。這是星靈讓自己看見的夢境。他只能順著星靈的意，一個人朝著地底下沉而去。

『唔。』

突然間，光芒映入眼簾。

就在潛入地底深處的詠梅倫根的眼前，可以看到紅色、藍色、綠色、白色、黃色、紫色……數之不盡的光芒正朝著上方升去。

——星脈噴泉。

自星之中樞誕生，從地底竄升，並於地表噴發而出的星靈能量。

也就是星靈們的大遷徙。

然而，星靈為何這麼急著朝地表移動？

『……**是在逃跑**呢。八大使徒，你們應該也知道這一點才是……』

星靈們正在害怕。

它們飛出了星之中樞這個原本的住處，朝著星之地表逃之夭夭。

這就是星脈噴泉的真相。

星靈一旦離開星之中樞，就無法以單體的形式存在，所以從星脈噴泉噴出的星靈，只能附身在地表的人類身上。

那麼——

星靈是在逃離什麼？

『……星靈……你們是想讓梅倫看到這一幕吧……』

寄宿在肉體的星靈正在傾訴。

寄宿在天帝詠梅倫根身上的星靈為「星之防衛機構」。對星之危機最為敏感的它，在此時敲響了警鈴。

那東西就在這裡。

持續朝著地底沉去，在抵達星之中樞所在的深淵後——

便會看到不該存於此星的存在（東西）。

『……在那裡嗎！』

它在。

詠梅倫根抵達了星之深淵。

而在由灼熱的熔岩所形成的搖籃之中——

有個奇形怪狀的「看似星靈之物」正怦咚、怦咚地脈動著。

它像被摘取出來的心臟似的頻頻蠢動。

在連鋼鐵都能融化的熔岩之中，它正悠然地酣睡，並持續成長。

那便是星之民恐懼地稱為「星之末日」的災難。

也就是星球的大敵（World Enemy）。

其名為——

『……*La Selah Milah Uls*（拉・賽拉・米拉・烏魯斯）……』

詠梅倫根不曉得這樣的名字有什麼樣的由來，也沒有調查的興致。

而最該提防的——

是這個災難會讓人類和星靈變化為異形怪物（Enemy）。

讓人類變成墮天使凱賓娜。
讓人類變成魔女碧索沃茲。
讓人類變成魔女伊莉蒂雅。
讓星靈變成地之虛構星靈。
讓星靈變成海之虛構星靈。
全都會變成異形般的存在。
星靈們正是對它感到害怕，才會逃離星之中樞。
『……你就是元凶啊。』
詠梅倫根瞪視著在深淵之底沉眠的異形，憤怒地露出虎牙。
要是沒有這個災難的存在——
就不會引發星脈噴泉這樣的現象了。因為星靈便沒有逃跑的必要。
星靈依舊是星靈。
人類也能維持人類的身分。

『……嗚！』

胸口為之一痛。

明明身處夢中，但這樣的痛苦並非幻覺。

沒錯。

自己也被這樣的力量附身，所以才變成這副模樣。

所有的星靈與星靈使皆無法戰勝災難。

『……梅倫知道。』

他按著自己的胸口，瞪視著底下的災難。

『……你根本沒把梅倫當成威脅。』

這隻怪物——

對於自己正在夢境遊歷一事，肯定不抱持一丁點兒的關心。

明明散播了如此之多的恐懼和惡夢。

它卻兀自好眠，並藉此儲備力量。

既然如此——

『你就儘管睡吧。』

自己就這麼說吧。

他對著隨心所欲地蹂躪了星靈和人類的災難說道：

『就在你花費幾十、幾百年累積力量的這段期間，人類也會在世代交接之際產生改變……不對，是已經脫胎換骨了！』

他一直相信那個人會現身。

也發誓要窮盡一生找到那個人。

在這一百年的時間之中。

『……梅倫雖然贏不了你……但沒關係……！』

那人不是始祖涅比利斯。

也不是黑鋼劍奴克洛斯威爾。

能與這個災難抗衡的，只有唯一的一把星劍和一名繼承者。

以及——

能給予他支持的人們。

『給梅倫記好了，梅倫終有一天會咬斷你的喉嚨！星之大敵！』

「——天——」

「——天——帝——天帝？」

肩膀微微傳來了觸感。

一直到詠梅倫根微微睜開眼皮，他才注意到那樣的觸感來自於有人敲打著自己的肩膀。

「……那個，你剛才露出很可怕的表情，是怎麼了……？」

有著粉金色頭髮的少女戰戰兢兢地窺看著自己。

看來她似乎一直在觀察自己的睡相。

『怎麼啦，希絲蓓爾公主，梅倫不是說過要睡覺嗎？』

「所、所以說！我看到你露出很可怕的睡臉，才會覺得狀況不對勁呀！你咬緊了牙關，還一直惡狠狠地發出叨唸聲呢！」

『……哦。』

畢竟被迫觀看那樣的夢境。

自己的睡相會變得可怕也是理所當然。

『也罷……嗯——』

他先做了一次伸展，隨即一鼓作氣地彈起身子。

自己幾乎沒留下多少睡意，這讓詠梅倫根也感到意外。

是因為被叫醒的關係嗎？還是因為從惡夢之中獲得解放的緣故？

『好，梅倫醒了。希絲蓓爾公主，把妳姊姊帶過來。還有，也把那個滑稽的隨從帶上。』

「你是指愛麗絲姊姊大人和燐嗎？」

『是啊。把第九〇七部隊的四個人也叫來。』

「……我就基於好奇心發問了，這次的召集是為了什麼理由？」

『梅倫要聊聊夢境的事。』

看到公主一臉困惑地凝視著自己，詠梅倫根咬緊牙關，強行忍住想打呵欠的衝動。

『梅倫會把自己看到的夢境告訴你們。就讓我們聊聊這顆星球的元凶吧。』

後記

「那麼，伊思卡，和我一同發動戰爭吧。」

感謝各位閱畢《這是妳與我的最後戰場，或是開創世界的聖戰》（這戰）的第十二集！
首先要說的是，這次讓各位久等了。
為了讓某個好消息（後述）搭上書籍上市的時間，所以這次的製作時程比往常更久一些，但接在十一集之後的本集，似乎也同樣讓故事推進了不少。
帝國和皇廳的勢力版圖都有巨大的變動——
而其中變化最大的，應該就是月之公主吧。
她雖然在第二集就以強大純血種的身分亮相，幾乎沒有多少篇幅在描寫她的內在呢。
這名少女首次喊出了假面卿以外的「名字」……
至於她今後會如何成長，就有請各位繼續期待了。
而愛麗絲也一樣——

歷經與姊姊的對峙之後，愛麗絲究竟會如何面對姊姊的話語？這後續的部分也是一大高潮，還請各位拭目以待！

那麼……

本篇故事內容的部分就說到這裡，接下來要公布一項消息。

而且還是喜出望外的大好消息！

《這戰》動畫版，決定製作第二季！

這項消息首先由這篇後記發布，官方網站也將在十月一日對外公開。（註：本文提及的各種資訊皆為日本的狀況）

筆者在寫這一段的時候還是九月，所以官方公布消息時的氛圍只能全憑想像，但那一定是讓大家大吃一驚的大消息吧！

仔細想想，第一季動畫剛好是在一年前的這個時候播映呢。

當然，在播映第一季的時候，還沒有決定是否要製作第二季。而因為動畫在播出之後受到了各方的支持，所以這次才會做出製作第二季的決定。

細音我在收到這個消息的時候，是真的嚇了好大一跳！

收看動畫版的各位、在推特上撰寫感想的各位、購入動畫ＢＤ／ＤＶＤ和衍生商品作為紀念的各位——

當然，最重要的莫過於一直為小說加油打氣的「您」。請讓我借用這邊的篇幅向各位道謝。

真的——真的非常感謝你們！

※動畫第二季的消息和第一季相同，會由《這戰》的官方推特（https://twitter.com/kimisen_project）統一發布。也請各位趁著機會跟隨帳號！

那麼，《這戰》的話題就暫時先聊到這裡。

接下來要公布其他作品的消息。

決定製作動畫續集的《這戰》依舊表現得生龍活虎，筆者還有一篇希望讀者們支持的作品，請容我在此進行介紹！

▼ＭＦ文庫Ｊ《神明渴求著遊戲》，第三集發售中！

人類vs眾神的奇幻智力對決。

人類方的勝利條件為「與諸神在智力對決（遊戲）中贏下十局」。從古至今，日前還無人創下完全勝利的紀錄。而這便是少年挑戰著不可能的故事——

在由讀者進行投票的ラノベニュースオンライン網站，本作的第一、二集都接連上榜，也獲得各界的好評。讓人開心的是，本作即將在《月刊Comic Alive》上進行漫畫版的連載！

由於是今年才開始寫的新作，如果各位願意連同《這戰》一起支持，我會很開心的！

如此這般，後記也來到了尾聲。

在此向關照我的各位致謝。

猫鍋蒼老師——終於！在最佳時機登上封面的始祖涅比利斯，由您畫成了美麗的插畫！真的很謝謝您！

回想起來，伊思卡與愛麗絲首次並肩作戰的對象，就是這位始祖呢。

這位大魔王終於登上了封面……讓我再次體悟到這篇故事真的進入後半段了。約海姆與換上新衣的伊莉蒂雅也是出色無比！

由於動畫決定製作續集，今後也要繼續請您多多指教了！

責編O大人和S大人——

不只是擔綱原作小說，兩位也在經手動畫第一季之後，繼續擔綱第二季的責編，這對我來說無疑是一劑強心針。我希望能讓《這戰》在今年與明年再創佳績，還請兩位助我一臂之力！

那麼——

換做平時，謝詞到這裡就結束了。但這次還要再感謝一群人。

那便是動畫第一季的製作小組成員。

這部《這戰》是細音我首次改編動畫的作品，而且還有幸以登峰造極的超強水準完成製作，讓我既開心又自豪，是我這一輩子忘不掉的回憶。

請讓我再次向各位道謝！

那麼那麼，最後便是下集預告的部分——

下一集，《這戰》第十三集。

劍士伊思卡與魔女公主愛麗絲的故事——

愛麗絲下定決心留在帝國。

而伊思卡則是一肩扛起監視愛麗絲的任務。無法不在乎彼此的兩人，即將揭開不熟悉的帝國生活的序幕。

與此同時，天帝詠梅倫根告知兩人的「祕密」，似乎也預告了下一場戰爭的到來。

並非前往帝國或皇廳，而是朝著「禁忌之地」前行的兩人，看到的究竟會是——

二〇二二年冬季，ＭＦ文庫Ｊ《神明渴求著遊戲》第四集。
二〇二三年冬季，《這戰》第十三集。
希望我們還能在這裡再次見面！
下一集的故事進度也會大幅度地推進，敬請期待！

夾在夏秋之間　細音啓

下集預告

愛麗絲大人、愛麗絲大人，您在哪裡？
……什麼？她和帝國劍士一起外出了？

一切都是為了打敗伊莉蒂雅——
月之公主造訪了伊思卡，宣誓與他並肩作戰。
與此同時，依然被姊姊的話語擾亂心思的愛麗絲，
收到了來自天帝的一道命令。

妳就前往不屬於帝國和皇廳的「禁忌之地」即可。
至高魔女與最強劍士的舞蹈，第十三幕

伊思卡，你可曾想過要成為某人的騎士？

這是妳與我的最後戰場，
或是開創世界的聖戰

13

近期預定發售！

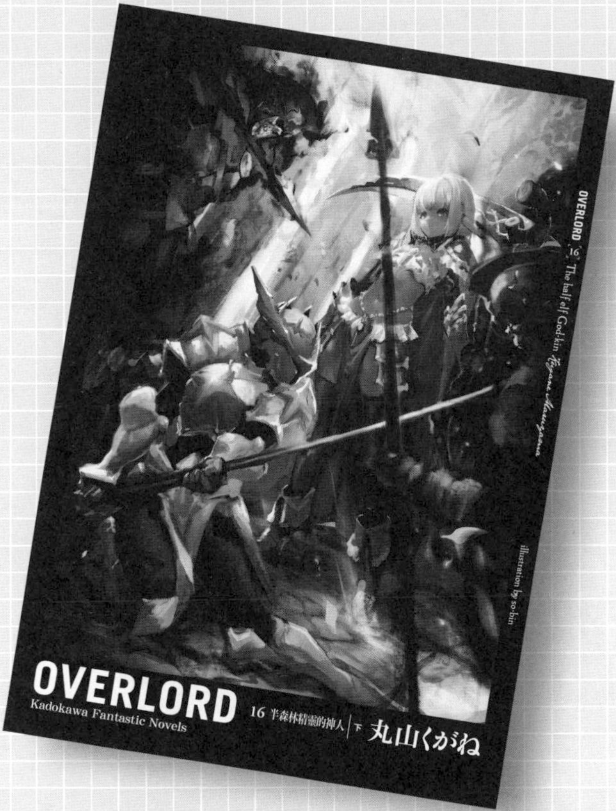

OVERLORD 1~16 待續

Kadokawa Fantastic Novels

作者：丸山くがね　插畫：so-bin

見識身經百戰的強者們
也得驚恐心悸的納薩力克神威！

　　安茲與雙胞胎留在黑暗精靈村，與村民互動交流。然而教國的侵略行動即將攻陷森林精靈國。安茲心生一計，展開行動，卻被森林精靈王阻擋在前。緊接著出現的，是立於英雄領域的教國最終王牌——絕死絕命……

各 **NT$260~380/HK$87~127**

Sword Art Online刀劍神域 1~26 待續

Kadokawa Fantastic Novels

作者：川原 礫　插畫：abec

等待著桐人他們的，
是與懷念的人們的重新相遇……

為了找出逼近「Underworld」的惡意究竟為何，桐人飛往充滿陰謀的伴星亞多米娜。這個時候在「Unital ring」世界裡，詩乃、西莉卡等人的樓層魔王攻略戰也揭開序幕。在欠缺桐人、亞絲娜以及愛麗絲等主戰力的情況下，戰事卻越來越是激烈——

各 **NT$190~260/HK$50~75**

王者的求婚 1~2 待續

Kadokawa Fantastic Novels

作者：橘公司　插畫：つなこ

當紅直播主鴇嶋喰良要來爭奪無色？
以女朋友之位為賭注的魔術交流戰登場。

　無色被選為代表，要和另一所魔術師培育機構〈影之樓閣〉展開交流戰。魔術師專用影片分享網站的當紅直播主鴇嶋喰良昭告天下，說無色是她的男友？無色決定以彩禍之姿參加交流戰——〈樓閣〉代表喰良以無色女友之位為賭注，向彩禍下了戰帖——

各 **NT$240/HK$80**

國家圖書館出版品預行編目資料

這是妳與我的最後戰場，或是開創世界的聖戰 / 細音啟作；蔚山譯．　初版．-- 臺北市：臺灣角川股份有限公司，2023.02-
　冊；　公分．-- (Kadokawa fantastic novels)
譯自：キミと僕の最後の戦場、あるいは世界が始まる聖戦
ISBN 978-626-352-266-4(第 12 冊：平裝)

861.57　　　　　　　　　　　　111020703

Kadokawa
Fantastic
Novels

這是妳與我的最後戰場，或是開創世界的聖戰 12

（原著名：キミと僕の最後の戦場、あるいは世界が始まる聖戦 12）

2023年2月16日　初版第1刷發行

作　　者：細音啓
插　　畫：猫鍋蒼
譯　　者：蔚山
發 行 人：岩崎剛人
總 編 輯：蔡佩芬
編　　輯：楊芫青
美術設計：李思穎
印　　務：李明修（主任）、張加恩（主任）、張凱棋
發 行 所：台灣角川股份有限公司
地　　址：104台北市中山區松江路223號3樓
電　　話：（02）2515-3000
傳　　真：（02）2515-0033
網　　址：www.kadokawa.com.tw
劃撥帳戶：台灣角川股份有限公司
劃撥帳號：19487412
法律顧問：有澤法律事務所
製　　版：尚騰印刷事業有限公司
ISBN：978-626-352-266-4